Peter Böttger

Die Kapsel

Der letzte Weg der Heiligen Lanze

KriminalRoman
in drei Teilen

Die Handlung und die handelnden Personen sind frei erfunden. Ähnlichkeiten wären rein zufällig. Historische Personen erklären sich aus den Quellen.

Impressum:
Peter Böttger © September 2006
Zweite, bearbeitete Auflage Januar 2011 alle Rechte vorbehalten
Herstellung und Verlag: Books on Demand
Umschlagsgestaltung: Autor
Satz: Autor
Foto: Kunsthistorisches Museum Wien
ISBN 978-3-8334-8732-3

Erster Teil

Inferno
Schatzsuche

Seit dem 16.April 1945 leisteten Kräfte der 1. Heeresgruppe der Deutschen Wehrmacht mit Hunderten von Panzern und zweiundzwanzig Artillerieregimentern sowie Volkssturm, sogar Frauen und Jugendlichen, auch SS-Verbänden, erbitterten Widerstand gegen den Vormarsch der 7. US-Armee auf Nürnberg.

In der Stadt kam es zu schrecklichen Straßenschlachten. Die 45.Thunderbird-Division erlitt dabei schwere Verluste. Hitler hatte befohlen, die Stadt „bis zum letzten Blutstropfen" zu verteidigen.

Die berüchtigte Kongresshalle, das „Herz des Nationalsozialismus" auf dem „Reichsparteitags-Gelände" wurde tatsächlich von SS-Abteilungen bis auf den letzten Mann verteidigt.

Die alte Reichsstadt brannte. Am 20. April war alles vorüber. Die meisten Gebäude waren zerstört, wenige standen noch, schwer beschädigt. An diesem Tag war „Führers Geburtstag".

Der Diktator faselte immer noch von starken Entsatzkräften für Berlin. Er ordnete auf seinem Kartentisch Verbände an, die es gar nicht, oder nicht mehr gab.

In Nürnberg marschierte die dritte amerikanische Division zum Adolf-Hitler-Platz und zog das Sternenbanner auf.

Gleichzeitig suchte bereits eine Gruppe nach den Reichsinsignien oder dem legendären Germanenschatz. Man brauchte den Bürgermeister, der 1938 von Hitler persönlich die Verantwortung für das *Heiltum des Reiches* übertragen bekommen hatte. Die Insignien waren damals von Wien kommend, neben anderen Kulturgütern in der St. Katharinenkirche zur ständigen Ausstellung exponiert worden.

Der Bürgermeister hatte aber schon am 20. April, nach der Kapitulation Nürnbergs, Selbstmord begangen.

Am 27. April fanden die Amerikaner den Sekretär des Bürgermeisters. Dieser erklärte kategorisch, nichts vom Verbleib des Schatzes zu wissen. Die Akten über den Transport von Wien nach Nürnberg und über die weitere Verwaltung seien bei einem Bombenangriff verbrannt.

In der Tat war mit den Schätzen ein grandioses Verwirrspiel getrieben worden. Drehbuch und Regie dazu stammten von Himmler selbst.

Als der Bodenkrieg nach Deutschland zu kommen drohte und das Bombardement deutscher Städte alltäglich wurde, waren die Schätze längst in einem klimatisierten Bunker, dreihundert Meter in Nürnbergs Burgberg, versteckt worden. Dieser Bunker war ein verwinkelter ehemaliger Bierkeller. Die Zufahrt verbarg sich hinter der Garage neben einem historischen Giebelhaus in der Oberen Schmiedgasse. Die stählerne Rückwand der Garage konnte automatisch zur Seite gefahren werden. Dahinter versperrte ein gepanzertes Tor mit Zahlenschloss den Eingang zu dem Bunker.

Als bei dem verheerenden Luftangriff am 13. Oktober 1944 die Garage weggesprengt, die Stahlrückwand zerstört und der Eingang zu dem geheimen Bunker sichtbar wurde, begann sofort der Wiederaufbau der Tarnung. Himmler ordnete jedoch an, ein anderes Versteck für die Insignien zu finden. Insbesondere ging es ihm darum, die Heilige Lanze für ewige Zeiten als Machtsymbol für seine SS-Ordensburg zu sichern. Das sollte die Wewelsburg bei Paderborn werden. Dort war nach seinem Willen nach dem Endsieg der germanischen Herrenrasse ein Hort zu errichten.

Ganz offen konnte die Bevölkerung beobachten, wie eine Wagenkolonne mit Holzkisten beladen wurde, und bei Nacht mit großem Getöse die Stadt verließ. Gemunkelt wurde, dass die Schätze in einem Alpensee, vermutlich dem Zeller See versenkt würden.

In Wahrheit versteckte man sie unweit in einem uralten Gewölbe des Burgberges, in welches man durch den Kellerraum einer Schule gelangen konnte. Der Zugang zu dem Gewölbe wurde von ausgewählten Bauleuten in Gegenwart von Stadtrat Hans Schmittlein, einem Baufachmann und von Dr. Kuno Fischbach, dem Luftschutzbeauftragten der Stadt, vermauert.

Diese beiden Herren hatten keine Ahnung, was es mit dem heiligen Speer auf sich hatte. Offizieller Name der Lanze war *Mauriziuslanze*.

Es gab in dem Reichsschatz aber auch das *Maurizius-schwert*. Nun kam es unerklärlicherweise so, dass lediglich dieses Schwert zusammen mit den anderen wichtigsten Reichskleinodien in das alte Gewölbe gelangte. Die Lanze blieb in dem Bunker in der Oberen Schmiedgasse.

Durch die Kampfhandlungen in den Straßen Nürnbergs unter Verwendung von schwerer Artillerie war die Tarnung des Bunkers erneut hinweg gefegt worden. Das codierte Stahltor wurde sichtbar.

Am 30. April gegen Mittag begann eine Gruppe amerikanischer Soldaten die Ruinen der Oberen Schmiedgasse zu durchsuchen. Einer der Männer entdeckte, über Schutt und Geröll balancierend, die Panzertür.

Lieutenant Walter Horn, der zu der Untersuchungskommission gehörte, die für die Beschaffung der kaiserlichen Machtsymbole zuständig war, stöberte Schmittlein und Fischbach auf.

Dr. Fischbach wusste, dass die Reichskleinodien nicht mehr in dem Bunker waren. Daher wand er sich im Verhör zum Schein etwas, ehe er gestand, dass er den Schlüssel habe.

Schmittlein gab zu, den Code zu kennen und so schritt man zur gemeinschaftlichen Öffnung des Bunkers.

Lieutenant Horn und die beiden Deutschen geleiteten den Befehlshaber von Nürnberg, Charles H. Andrews, Colonel der Infanterie, Captain Thompson vom amerikanischen Nachrichtendienst, Captain Rae, Kunstsachverständiger der Militärkommandantur in Nürnberg und andere Offiziere in den Bunker.

Man fand eine große Zahl von Kunstgegenständen, die teils aus deutschem Eigentum, teils als Raubgut aus anderen, im Krieg eroberten Ländern stammten.

Die Sachverständigen stellten fest, dass die fünf Hauptstücke: Krone, Zepter, Reichsapfel, Reichsschwert und Mauriziusschwert nicht vorhanden waren. Auch das Reichskreuz, in dessen hohlem Querbalken die Heilige

Lanze verwahrt werden konnte, war nicht zu finden. Den Lanzenkopf selbst entdeckte man und er fand allgemeine Bewunderung. Die anderen Stücke wurden nach weiteren Verhören und Nachforschungen erst am 6. August aus dem Versteck geholt, welches hinter dem Keller der Schule lag. *)

Unter den Teilnehmern jener ersten Besichtigung befanden sich der Stabsarzt First Lieutenant Dr. John Bradley und sein Untergebener Warrant Officer Victor Brooker. Die beiden bemühten sich um einen Offizier, der in dem unübersichtlichen Durcheinander von Kisten, Teppichrollen, Möbeln und Bildern gestürzt war. An einem schmiedeeisernen Leuchter, der am Boden lag, hatte er sich am rechten Unterschenkel empfindlich verletzt. Der Arzt ordnete etwas abseits von der Gruppe das Hochlegen des Beines an, weil die Wunde stark blutete. Der Sanitäter lief zum Ausgang, um aus Bradleys Jeep den Arztkoffer zu holen. Der farbige Fahrer Bradleys, Private E-2 Jeremias Fountan war neugierig, was sich wohl in diesem Keller abspielte und ging langsam und ungehindert hinein. Dr. Bradley schnitt die Uniformhose des Verletzten auf und säuberte die Wunde, desinfizierte, nähte sie und ließ Brooker den Verband anlegen. Während dieser das ausführte, schlenderte Bradley weiter in einen Seitengang des Gewölbes. Hinter einer Stellage mit abgedeckten Gemälden sah er eine Kiste. Darauf lag ein länglicher, stark vom Holzwurm befallener, mit Staub bedeckter, hölzerner Kasten. Grobe Scharniere und ein rostiger geschmiedeter Hakenverschluss ließen auf ein hohes Alter des Kastens schließen. Dr. Bradley öffnete ihn, schlug ein rotes Tuch auf und sah, – er traute seinen Augen nicht – eine *zweite* Lanzenspitze, die der zuerst gesehenen völlig glich. Ihre Goldmanschette fesselte seinen Blick, wie bei jener Waffe, die wenige Minuten zuvor besichtigt worden war.

Bradley konnte seine Augen nicht von diesem Objekt wenden, sein Puls schlug so stark, dass er ein Wummern in den Ohren verspürte. Metallischer Glanz fasziniert die Menschen seit Anbeginn, er kann Urtriebkräfte wecken. Bradley unterlag dieser Faszination; allein hielt er etwas in Händen, das die anderen bei dieser ersten Inspektion übersahen. – Was tun? –

Er schreckte aus seinen sich überschlagenden Gedanken auf, als der Sanitäts-Soldat ihm über die Schulter schaute, um zu sagen, dass der Verband fertig sei. Der Blick Brookers fiel auf den geöffneten Kasten mit dem Lanzenkopf. Er hielt den Atem an. Beide blickten sich für einen winzigen Moment wild entschlossen in die Augen, einig in ihrer Habgier. Da nahm Brooker den Kasten in seine Hände, schloss ihn und brachte ihn weiter hinter in das Dunkel. Es war für beide eine Eingebung, der zu widerstehen der Verstand ohnmächtig war.

Sie gingen wenige Schritte, da herrschte Bradley seinen Fahrer an, was er hier zu suchen habe, er möge gefälligst dem Verletzten helfen, aus dem Raum zu kommen. Das schwarze Gesicht Fountans hatte er im Halbdunkel übersehen, wusste nicht, was der gesehen hatte und nahm zum Glück für den Mann an, es sei *nichts* gewesen.

Dann bückte er sich und entnahm seinem Koffer einige Packungen Medikamente, die er neben den improvisierten Lagerplatz des Verletzten in einen Schatten legte.

Mit den anderen Militärs angeregt diskutierend verließ er langsam den Bunker. Der Generator, der die Notbeleuchtung und Ventilatoren mit Strom versorgte, wurde abgeschaltet. Bradley meldete, dass er wichtige Medikamente aus Versehen liegen gelassen habe. Er warf lässig seinen Militär-Trenchcoat um die Schultern; Brooker hatte eine Taschenlampe zur Hand und beide gingen zurück in den Bunker. Sie mussten zweimal cirka dreihundert Meter zurücklegen. Als sie wieder erschienen, trug Brooker die Schächtelchen, Dr. Bradley die Taschenlampe. Der Bunker wurde verschlossen, Posten zogen auf.

Lange Zeit stand Bradley mit dem Rücken zur Felswand des Burgberges, sich weiter mit einigen Offizieren laut über das gesehene Sammelsurium unterhaltend. Er wartete, bis sich alle anderen verabschiedeten und abfuhren, ehe er mit Brooker in den Jeep stieg.

Gefreiter Fountan bemerkte, wie sich sein Chef sehr vorsichtig, steif und schräg in den Jeep setzte.

Sehr lange untersuchten Dr. Bradley und Brooker ihre Beute. Sie zogen sich dazu in ein Sanitätszelt zurück, in welchem ein Teil durch einen Vorhang abgeteilt war. Mit einer Lupe betrachteten sie die Narben auf dem alten Eisen, den schwarzen Draht, der aus Silber zu sein schien, und die Gebrauchsspuren auf der Goldmanschette.

Als General Patton, der legendäre amerikanische Heerführer, sich den Speerkopf im Bunker zeigen lassen wollte, – er kannte seine Bedeutung besser als alle Anderen – verstand es Dr. Bradley, sich unter die Suite des Generals zu mischen. Am Schluss der Besichtigung gelang es ihm, durch eine kleine Lupe gezielte Blicke auf das Stück zu werfen. Die Narben im Eisen sahen anders aus, als auf „seiner" Lanze. Diese hier hatten schärfere Ränder.

Der Militärkommandant von Nürnberg, Colonel Andrews, ließ sich über den unverhofften Tod des Warrant-Officer Victor Brooker berichten. Der junge Mann von 26 Jahren war bei einem improvisierten Baseballspiel umgefallen und nach vergeblichen Reanimationsversuchen verstorben. Dr. Bradley gab plötzliches Herzversagen als Todesursache an.

Er fragte nach, ob eine Obduktion durchgeführt werden solle. Auf Grund der schlechten medizinisch-technischen Voraussetzungen und der vordringlichen Arbeit der Ärzte mit den Verwundeten wurde davon Abstand genommen. Die Beerdigung der Leiche Brookers neben seinen gefallenen Kameraden wurde angeordnet. Am 7.Mai 1945, einen Tag vor der Kapitulation der Wehrmacht des „Dritten Reiches" in Berlin–Karlshorst, wurde er beigesetzt.

Dr. John Bradley war Spezialist für infektiöse und toxische Erkrankungen. Des Öfteren wurde er zu verschiedenen Truppenteilen gerufen.

Aus Sachsen, genauer aus dem Raum Chemnitz - Leipzig forderte der Kommandant einer kleinen Stadt einen solchen Spezialisten an, weil drei seiner Soldaten an einer rätselhaften Krankheit litten, die sich, allen Medikamenten zum Trotz, verschlimmerte. Im Stab entschied man, Dr. Bradley sofort in Marsch zu setzen. Es war am 10. Mai 1945, einen Tag nach der Beendigung aller Kampfhandlungen.

Die cirka 300 km bis in das Städtchen Lunzenau an der Zwickauer Mulde schaffte Gefreiter Fountan dank der einigermaßen intakten Autobahn über Hof und Gera in sechs Stunden.

An die Zerstörungen, an zerschossene Panzer und Kraftfahrzeuge von Freund und Feind links und rechts der Straßen waren die Reisenden gewöhnt, verschwendeten darauf also wenig Aufmerksamkeit. Viel mehr beschäftigte sie die Sorge, noch vor Abend an das Ziel zu gelangen. Sie wussten, dass sie abseits der Autobahn kleine Städte und etliche Dörfer, sowie kurvenreiche Landstraßen durch hügeliges und bewaldetes Gelände passieren mussten. Dr. Bradley verlangte an den Kontrollposten daher mit Nachdruck mehrmals streckenweise Geleit, was ihm auch gegeben wurde. Schließlich ging es um Lebensrettung, um kranke Kameraden, die auf Hilfe warteten.

Die Grabräuber
Der Klempner

Lieutenant Dr. Bradley meldete sich sofort nach seiner Ankunft bei Captain Sidney Reyther von der 304. Armee-Einheit, dem Kommandanten von Lunzenau. Die Kommandantur hatte sich im Hotel „Sächsischer Hof" etabliert. Es war das beste Haus am Markt, der bis vor wenigen Tagen noch „Platz der SA" hieß. Unverzüglich geleitete man den Arzt zu den Kranken. Sie lagen im sogenannten „Braunen Haus", einer ehemaligen kleinen Schuhfabrik, die der Hitlerjugend und der NSDAP als Versammlungsort gedient hatte. Den oberen Saal hatte man als notdürftigen Verbandsplatz hergerichtet.

Dr. Bradley stellte fest, dass einer der Kranken bald sterben würde. Zwei Soldaten waren aber noch ansprechbar. Der junge Feldarzt hatte das neueste Medikament, Penicillin, in hohen Dosen gegeben. Es schlug nicht an. So gut es ging, waren die drei isoliert.
Ihre Symptome waren zuerst Atembeschwerden, dann schwollen die Schleimhäute in Mund, Nase und Rachen an. Die Geräusche der Lungen deuteten auf Lungenentzündung hin. Zunehmend litten sie an Atemnot und erhielten Sauerstoff. Bei dem am meisten Betroffenen waren die äußeren Gehörgänge, die Nagelhäute und einige

Hautpartien entzündet, nässten und schuppten. Die Augenränder waren rot und geschwollen. Der junge Kollege vertrat die Meinung, dass der Kranke auch an Bauchfellentzündung litt und konstatierte, dass dessen Leber geschwollen war.

Wenn das neue Wundermittel des inzwischen in der Fachwelt berühmten Flemming nicht half, so schlussfolgerte Dr. Bradley, konnten Pilze im Spiel sein. Er nahm Abstriche. Bis die Anzucht aufging, konnte es für den Todeskandidaten schon vorbei sein, befürchtete der Arzt. In den Petrischalen wuchs ein schwarzer Belag. Es handelte sich um Schimmelpilze der Art *Aspergillus niger*.
Dr. Bradley versuchte es mit Kortin, einem Nebennierenrindenextrakt.
Einer der zwei, die noch bei Bewusstsein waren, verlangte einen Pfarrer. Der Militärgeistliche, Referent Kings, führte mit ihm ein Gespräch und segnete ihn.
Kings informierte darauf den Kommandanten und Dr. Bradley darüber, dass die drei Soldaten auf einem alten Schloss in der Nähe eine Gruft betreten und die darin befindlichen Särge geöffnet hätten. Einen alten Degen und zwei Schuhschnallen hätten sie entwendet. Die Beute befände sie in ihrem Marschgepäck.

Der Schwerstkranke verschied nach drei Tagen.
Dr. Bradley erklärte die übrigen zwei für nicht mehr transportfähig, als er gefragt wurde, ob man sie nach Leipzig in das Hauptlazarett bringen solle. Er sagte, ihnen

könne man dort auch nicht anders helfen. Wenn ihre Physis stark genug sei, hätten sie auch hier eine Chance.

Der Arzt berichtet dem Kommandanten Reyther, dass es unter den über tausend Schimmelpilzarten etwa 23 gibt, die bei Menschen mit geschwächter Widerstandskraft lebensbedrohliche Erkrankungen herbeiführen können. Er sei sicher, Aspergillus niger habe den Mann getötet. Captain Reyther sagt mit zusammengezogenen Brauen: „Viele Soldaten sind erschöpft. Wir sind zusammen mit dem 9. Pionier-Panzer-Bataillon in 14 Tagen vom Rhein bis nach hierher vorgestoßen. Diese drei Männer gehörten zu der Abteilung, die als erste *Buchenwald* sah. Sie waren außer sich. Sie und andere waren nach der Räumung des Lagers so voller Hass und Wut, dass sie alles niedermachen wollten, was sich uns noch in den Weg stellen würde." Der Kommandant gießt zwei Gläser Whiskey ein und bietet eine Zigarre an.

Bradley hatte seinen Fahrer beauftragt, mit dem Referenten die Beute der Grabräuber unter entsprechenden Vorsichtsmaßnahmen aus dem Versteck zu holen. Fountan säuberte die Stücke mit Waschlauge und klarem Wasser.

Nun bringt er sie, damit Bradley sie dem Kommandanten vorlegen kann. Sie betrachten die Sachen gemeinsam.

Ein zierlicher Degen. Die schwarze Lederhülle zerfällt an manchen Stellen schon in dünne Blättchen mit faserigem Rand. Öffnung und Ende der Hülle tragen schwarze metallene Beschläge. Als Captain Reyther die Hülle abzieht, zerbricht sie. Das Gefäß mit barockem Dekor, auf dem Knauf beiderseits ein Wappen. Es zeigt vier von links oben nach rechts unten verlaufende Streifen. Abwech-

16

selnd sind zwei dieser Streifen mit roter Emaille ausgelegt. Die schmale Klinge ist stark verrostet. Die zwei Schuhschnallen haben ebenfalls barocke Schmuckelemente und fast die gleiche schwarzbraune Färbung wie die Teile des Degens.

Dr. Bradley stellt fest, dass alles, außer der Klinge, aus Silber ist.

Der reuige Soldat hatte angegeben, aus welchem der Särge die drei Stücke stammten, nämlich aus dem größten, einem Doppelsarg.

Der Kommandant sagt zu Dr. Bradley: „Ich werde die Stücke dorthin zurück zu bringen lassen."

Dr. Bradley erlaubt sich, darauf hinzuweisen, dass dafür besondere Vorsichtsmaßregeln zu treffen seien. Er bietet an, die Sachen selbst wieder zu deponieren, weil es dafür zwei Gründe gäbe. Erstens verfüge er über Seuchenschutzkleidung und zweitens sei anzunehmen, dass die Skelette wieder ausgerichtet oder richtig angeordnet werden müssten. Das sei man den Toten schuldig, deren Ruhe so brutal gestört worden ist. Auch wäre es gut, kein großes Aufsehen bei den Deutschen zu machen. Sie wüssten vielleicht, dass jemand in der Gruft war, aber nicht, dass etwas gestohlen worden ist.

Captain Reyther ist einverstanden und bedankt sich. Er bittet um Vorschläge, wie man die Särge und die Gruft vor weiteren Einbrüchen schützen kann.

Lieutenand Dr. Bradley wusste, dass er nicht viel Zeit in dieser kleinen Stadt verbringen würde. Er war gereizt und unwirsch zu seinem jungen Fahrer. Misstrauisch beobachtete er den Gefreiten Fountan, wenn der sein Zimmer aufräumte; verbot ihm sogar, bestimmte Gepäckstücke anzufassen. Aber Fountan kannte bereits den brisanten Inhalt, nur dessen wahre Bedeutung nicht. Darüber sollte ihm erst viele Jahre später ein Licht aufgehen.

Bradley ging über den Hof der Kommandantur, besichtigte die Remisen und Pferdeställe, die Relikte aus der Zeit, da man hier im Hotel noch „ausspannte". Dann stieg er in den schönen Saal und gelangte von dort auf die wunderbare zweistöckige Kaffeeterrasse zum Fluss hin. Drei große Kastanienbäume spendeten dort Schatten in diesem sonnigen, viel zu warmen Mai. Zwei der Bäume hatte der Baumeister mit der oberen Terrassendecke umschlossen. Die Stämme ragten aus kreisrunden Durchbrüchen in der Fläche. Die Geländer trugen auf der ganzen Länge Blumenkästen, in diesem Jahr ohne Blumen. Manche Sitzgruppen waren durch efeubewachsene Gitter abgeteilt. Auf dem Fluss paddelte ein Junge in einem eigenartigen Boot. Es war der aufgeschnittene Reserve-Tank eines Kriegsflugzeuges, den es hier irgendwo abgeworfen hatte. Ein unverdrossener Handwerker hatte aus Kriegsschrott bereits ein Sportgerät gemacht. Die schöne Brücke aus rötlichen Quadern und mit dem eisernen, reichverzierten Geländer sah man aus nächster Nähe linker Hand flussabwärts. Als er sich über die Brüstung beugte, bemerkte er links vor der Brücke den hübschen Holzpavillon eines anderen Gasthauses. Diese Deutschen hatten wohl hier ihre *Gemütlichkeit* gepflegt. Er kannte dieses nicht übersetzbare Wort. Der Fluss strömte träge. Lange grüne Bärte aus Wasserpflanzen schwangen dicht unter der Wasseroberfläche hin und her. Am Ufer gegenüber, das steil anstieg, standen hohe saftig-grüne Bäume, deren unterste

Zweige das Wasser berührten. Ein großer Obstgarten mit blühenden Apfelbäumen lag weiter oben am Hang. Als er sich nach rechts wandte, bemerkte Bradley imposante Fabrikgebäude direkt am Wasser und zwei hohe Schornsteine, die nicht rauchten. Das alles sah er, empfand aber nichts dabei. Er war gedanklich damit beschäftigt, seine heiße Sache loszuwerden oder besser, so zu verstecken, dass er sie zu einer späteren Zeit mit Sicherheit wiederfinden würde. Zum Stab zurück wollte er sie keinesfalls mitnehmen. Und ein Gedankenblitz war ihm sofort gekommen, als der Kommandant sich um die offenen Särge sorgte.

Bradley ging zurück in den Hof des Hotels. Dort trieb sich ein deutscher Junge herum. Unglaublich! Hier im militärischen Bereich! Der Mund des Jungen war mit Schokoladenpudding beschmiert, den er aus einem riesigen Topf geleckt hatte. Hysterisch schrie er das Kind an und jagte es fort. Es verschwand wie der Blitz durch eine kleine eiserne Tür zum Nachbarhaus. Bradley rief einen Posten, der vor dem Hotel stand und befahl ihm, die Tür abzusperren. Der Posten und ein schwarzer Koch, der eben dem Junge diesen süßen Genuss verschafft hatte, feixten sich an und schnitten hinter dem schon als übellaunig bekannten Lieutenant Gesichter.

Bradley war ein unglücklicher Mann. Aufgewachsen in der Nähe von Wolf Point, Montana, am oberen Missouri, fühlte er sich den Leuten von der Ostküste oder aus Kalifornien gegenüber als Hinterwäldler, auch mit einem Doktordiplom. Als jüngerem von zwei Söhnen hatte der Vater ihm beizeiten zu verstehen gegeben, dass der tüchtige

Bruder George allein die Firma bekommen werde. Für den Holzhandel sei er, John, nicht geeignet. Ihn würden die Waldbesitzer und Holzkunden, vor allem die Makler aus Seattle über den Tisch ziehen, so unbedarft sei er in praktischen Dingen. Wenn er träumend durch die Sägereien gehe, hätten alle Angst, er würde sich irgendwann lesend auf den Stamm setzen, der gerade durch das Gatter läuft. Ständig wurde ihm von Vater und Bruder vorgeworfen, dass er ein schlechter Reiter sei. Die Pferde würden vor ihm wiehernd davon laufen.

Seine allzu häufige Beschäftigung mit Büchern schon als Kind, verhinderte, dass er Freunde hatte. Wenn die Jungen angelten und jagten oder Streiche ausheckten und ausführten, war der John nicht dabei.

Die Mutter, eine Quäkerin, bevorzugte auch den Älteren und die jüngere Schwester Edith. Sie fand in ihrer puritanischen Einfalt keinen Zugang zu dem Denken des kleinen Bücherwurms. Und ihm wiederum fiel ihre Bigotterie auf die Nerven.

John kapselte sich ab, war auf der Highschool der Beste und studierte in Seattle Medizin.

Seine Schwester lernte durch ihn einen jungen Mediziner kennen, den sie heiratete. Und ausgerechnet der schnappte John die Assistentenstelle im toxikologischen Forschungslabor der Uni weg, auf die er selbst mit größtem Ehrgeiz hingearbeitet hatte.

Und auch mit den Mädchen klappte es bei ihm nie richtig. Die schwatzhaften Studentinnen verbreiteten, er übe noch. Er wurde immer mehr zum Einzelgänger.

In dem Krankenhaus in Tocama im Staate Washington, wo er seine erste Anstellung fand, behandelten die Internisten und Chirurgen den fähigen Toxikologen wie einen Laboranten. - Und dann kam der Krieg.

Nach der Invasion in der Normandie gab es für ihn die gleiche Arbeit an den Wunden und Verstümmelungen der Soldaten, wie für die anderen Ärzte auch. Durch Frankreich, über den Rhein und durch das südwestliche Deutschland zog sich die blutige Spur. Einige Zeit vor der Einnahme von Nürnberg wurde er wegen seines Spezialgebietes zum Stab kommandiert. Und nun hatte er hier in diesem unbekannten Ort eine schwierige Aufgabe. Er besuchte die Kranken täglich mehrmals und beriet sich mit seinem Kollegen über alle möglichen Maßnahmen, welche die Kortin-Behandlung unterstützen konnten.

Er hatte eine genaue Vorstellung davon, wie er seine Beute präparieren müsse, um sie vor Korrosion zu schützen. Dazu brauchte er aber einen Helfer. Und so ging er vom Marktplatz aus in die Hauptstraße. Man hatte sie von Horst-Wessel-Straße in Rooseveltstraße umbenannt. Sie verläuft parallel zum Fluss, so dass die Hinterhöfe, Auszugshäuschen, Ställe und Gärten der Grundstücke der einen Seite an das Muldenufer stoßen. Wenige Häuser vom Markt entfernt entzifferte er ein Firmenschild: *Klempnerei Carl Illert*. Er trat über die flache Schwelle in den Hausflur und ging an der Treppe vorbei nach hinten in einen engen Hof. Dort stand die Tür zur Werkstatt offen. Der Meister unterbrach das Löten eines Suppentopfes und schaute den amerikanischen Offizier unsicher und fragend an. Illert war ein kräftiger Mann mit dem rötlichen Gesicht eines guten Essers und Trinkers, hatte die laute Stimme eines fröhlichen Unbekümmerten und Hände, die ihm manchmal den Schraubstock ersetzten. Nun war er recht leise und fragte den Ami, was er wünsche. Der mittelgroße, schlanke, braungebrannte Mann in der tadellosen Kaki-Uniform mit dunkelbrauner Krawatte, scharfem Käppi und blitzenden Rangabzeichen würdigte den Deutschen zunächst keines Blickes. Missmutig musterte er das Durcheinander in der Werkstatt. Dann fragte er unvermittelt auf Deutsch mit starkem amerikanischen Akzent, der die Zunge beim „R" diese Rückwärtsrolle machen lässt: „Wo du im Krieg?" Illert stemmte sich auf seine Werkbank, stierte vor sich hin und schüttelte den Kopf über diese abwegige Frage. Dann schlug er sich auf die Hüfte und machte zwei hinkende Schritte nach hinten, drehte sich wieder um und rief: „Nee nee, nie, ich immer hier, viel zu alt und zu krank."

„Wie viel Leute hier?"

„Ich alleine." Illert tippte sich an die Brust und reckte einen Finger.

Dr. Bradley holte Papier aus der Brusttasche, entfaltete es und legte es auf die schwarze, zerfurchte Holzplanke der Werkbank. „Du maken for my...wie sagt man,... ain Capsula." Er hatte ziemlich gut ein Behältnis dargestellt, nicht maßstäblich, aber die Maße waren angegeben. Der Querschnitt war oval. Das Gefäß sollte aus zwei Teilen bestehen. Das lange sollte von einer gut sitzenden Hülse überstülpt, also verschlossen werden.

Der Klempner legte verzinktes Blech hin, der Ami schob es beiseite.

„Kupfer hab' ich nich!"

Der Auftraggeber nahm einen Kreidestummel und schrieb *Zn* auf die Werkbank. - „Zink, o verdammich, hab'ch och nich."

Illert gewahrte einen Blick, vor dem er erschrak; ihm wurde heiß. Er fing an zu suchen, zog die Suche in die Länge. Nachdem er einige Blechtafeln mit unbeabsichtigter Donnerimitation beiseite geräumt hatte, fand er an der Wand liegende Reste von Zinkblech. Inzwischen hatte er vergessen zu hinken.

„Tomorrow! "

„Wie, was?"

„In the Morning, okay? "

"Morschen schon? – Moorgen?"

"Yes, schnell, schnell, and ..."Bradley piekte ihm mit einem Zeigefinger auf die Brust und sah ihn wieder mit diesen kalten, durchdringenden Augen an...."its top Secret, military Secret! " Dabei legte er einen Finger auf die Lippen.

Der Meister schaute ängstlich und hob in lächerlicher Pose die Schwurhand.

Der Offizier ging und grinste in dem Hausflur verächtlich vor sich hin.

Mit dem Kommandanten verfasste er einen Befehl an die drei Ärzte des Ortes, sofort Meldung zu erstatten, wenn sie Verdacht auf Geschlechtskrankheiten hätten. Namen und Adressen der betreffenden Personen seien vorzulegen.

Am Nachmittag beobachtete er aus einiger Entfernung belustigt, wie eine Gruppe von schlecht gekleideten jungen Männern und Frauen einen kleinen Mann unter

Schlägen und Püffen auf eine Wiese in der Flussaue am östlichen Ufer führten. Nahe eines langen flachen Pferdestalles machten sie halt. Dort trafen auch acht oder zehn amerikanische Soldaten ein.

Man drückte dem Verängstigten einen Spaten in die Hand und befahl ihm, eine Grube auszuheben. Dazu musste er sich hinlegen und jemand steckte mit vier Hölzern die Maße ab. Es sollte sein Grab werden.

Der Mann heulte laut und bat ein um das andere Mal um Gnade. Immer wieder wurde er zur Arbeit angetrieben. Dann musste er sich probeweise in die Grube legen, die noch sehr flach war. Offenbar dauerte das Ganze zu lange, denn ein Erschießungskommando stellte sich auf. Der Delinquent konnte kaum aufrecht stehen, sank auch nach kurzer Zeit in die Knie. Man hatte ihm keine Augenbinde angelegt, er hielt die Hände vor das Gesicht. Ein kurzer Befehl ertönte, da klickten die Gewehre nur leise; sie waren nicht geladen.

Die Menge grölte, die Soldaten hängten die Waffen um, alle gingen lachend zusammen weg, sich umfassend und auf die Schultern schlagend.

Der kleine Mann blieb schluchzend liegen.

Dr. Bradley winkte einen Gefreiten herbei und fragte ihn nach dem Warum der Vorführung. Er erfuhr:

Die abgerissenen Leute waren sogenannte Fremdarbeiter aus Polen und der Ukraine. Der Deutsche war Meister in der Fabrik, in der die Zwangsarbeiter hatten arbeiten müssen. Er trat und schlug sie täglich. Westeuropäischen Zwangsarbeitern hatte er ihre, über das schweizerische Rote Kreuz zugesandten Pakete geöffnet und das Beste für sich herausgenommen.

Bradley erzählte die Sache gutgelaunt dem Captain. Der Kommandant sah ihn entgeistert an und fragte: „Sie hätten also einem Mord amüsiert zugeschaut?"

Bradley entgegnete, dass er nie geglaubt habe, die Leute würden ernst machen.

„Dann haben Sie bei einer Folter tatenlos zugesehen!", schrie Reyther. Er wendete sich ab und befahl einer Ordonanz, die beteiligten Soldaten und ihren Vorgesetzten sofort ausfindig zu machen und vorzuführen. Bradley würdigte er keines Wortes mehr; der meldete sich kleinlaut ab.

Den beiden Kranken ging es besser. Das Fieber fiel.

Die Gruft

Bradley ließ sich zur Rochsburg fahren, zu dem Schloss, in welchem sich die beraubte Gruft befand. So angespannt er auch war, er konnte sich dem romantischen Reiz der Anlage nicht entziehen. Er gelangte von einer Hochfläche aus vor ein offenes Rondell aus zwei, sich wie Hände öffnende Mauern mit eingelassenen Schießscharten.

Links reckte sich die schön gewölbte Schieferhaube des Bergfrieds, graublau und silbern in der Sonne glänzend. Rechts sah er tief unten den Fluss durch das junge, helle Grün der Laubbäume glitzern.

Die Mulde umschließt den Felssporn, der die Anlage trägt, in einem Bogen von drei Seiten, wie er auf der Karte feststellte. Er schätzte die Höhe der steilen bewaldeten Abhänge auf fünfzig Meter über dem Fluss. Über eine Grabenbrücke, durch das große Tor gingen er und Private Fountan auf Kopfsteinpflaster durch einen Zwinger mit Wehrgang, der nach Norden weist. Linker Hand blickten sie zu dem nördlichen Burgflügel mit den drei mächtigen Zwerchgiebeln zu imposanter Höhe auf. Durch ein Tunneltor traten sie auf einen dreieckigen Hof, der nach Norden und Süden von Wirtschaftsgebäuden eingefasst wird. Wo sich die Gebäude im spitzen Winkel treffen, erhebt sich der Pulverturm mit einer fein ausgeformten Spitze. Ein zweiter, ansteigender Tunneltorgang führte sie links über zwanzig Stufen in den inneren Hof. Dort schauten sie unter dem Dach des Brunnenhauses in den Brunnen und sahen den Wasserspiegel in schauriger Tiefe schimmern. Der Bergfried mit der Schieferhaube erwies sich als in das Geviert der Hauptburg eingebunden. Rechts davon sahen sie den Treppenturm mit den eigenartigen Fenstern, deren Ober- und Unterkanten schräg der Steigung der Wendeltreppe folgen. Mehrere Eingänge ließen Bradley über die weitere Erkundung unschlüssig werden. Da stellte sich ein älterer Mann in gebührender Entfernung auf.

Bradley fragte: „Where is the Tomb? " Der Mann hob fragend die Augenbrauen und die Schultern. „Wo Grab?" Der Alte zeigte auf die Tür rechts vom Bergfried und nestelte unter seiner langen Jacke einen großen Schlüsselbund hervor. Als er die Tür aufgeschlossen hatte, sagte er: „Die Kapelle Sankt Anna."

Dr. Bradley band sich eine weiße Stoffmaske um und wies den Alten und Fountan an, zurück zu bleiben. Er betrat die Kapelle.

Der Raum war leer und kalt. Ein Renaissance-Altar aus Stein ohne Kerzen und ohne Altartuch ließ den Schluss zu, dass hier drinnen keine Gottesdienste stattfanden. An der hohen Decke sah er ein gotisches Rippengewölbe aus rötlichen Steinen.

Sich rechts wendend stieg Bradley über einige Stufen auf eine Fläche aus großen unebenen, aber glatten Steinplatten und sah ein aus den Angeln gebrochenes eisernes Türgitter. Es hatte vor seiner Zerstörung die Gruft versperrt. Der Mann schaute nun in einen länglichen düsteren Raum und auf eine Reihe von neun Särgen, die auf einem niedrigen Podest standen. Sie waren von unterschiedlicher Größe. Bradley stellte fest, dass der Raum zwei kleine Fenster hatte, die verglast und mit eisernen Kreuzen vergittert waren. Er musterte den größten der Särge und entsann sich, dass Referent Kings gesagt hatte, die Beutestücke stammten aus einem großen Doppelsarg.

Auch wenn er es nicht so eilig gehabt hätte, die gefährliche Stätte zu verlassen, würde er schwerlich die Inschrift des Sarges entziffert haben, weil es zu dunkel und die altmodische Schrift zu matt und teilweise unleserlich geworden war. Sie lautet:

*Hierinnen liegt der entseelte Leichnam des Hochgeborenen Grafen und Herrn **Heinrich Ernst** des Heiligen Römischen Reichs Grafen und Herrn von Schönburg, Grafen und Herrn zu Glauchau und Waldenburg wie auch der Niedern Grafschaft Hartenstein und Herrschaft Lichtenstein, nebst Stein etc. regierenden Grafen zu Rochsburg. Er war geboren den 18.September 1711 und starb den 2. Januar 1777 als Ältester des gesamten Hochreichsgräflichen Schönburgischen hauses.*

Es folgt das umfangreiche Lob des Verblichenen.   Bradley befahl dem Schlüsselinhaber, oder was er auch immer war, die Glasscheiben in den kleinen Fenstern zu entfernen und für Durchzug zu sorgen. Er käme am übernächsten Tag wieder. Die Tür der Kapelle solle fest verschlossen bleiben. Nach ihm, dem Schließer, habe niemand die Räume zu betreten. Der alte Mann salutierte unbeholfen.

Seine gebrauchte Maske warf Dr. Bradley auf das Pflaster des Schlosshofes. Für die musealen Räume des Schlosses oder andere Teile der Anlage hatte er kein Interesse.

Auffallend freundlich und leutselig, wie sonst nie, ließ sich Bradley herab, seinem Fahrer zu erklären, was diese Besichtigung notwendig gemacht hatte. Er lobte die noble Einstellung des Kommandanten, die Grabbeigaben wieder zurück legen zu lassen. Auch vergaß er nicht, auf die Gefährlichkeit der Sache hinzuweisen.

Dr. Bradley nimmt die Blecharbeit von Meister Illert in die Hand und prüft sie eingehend. Er zieht die Deckelhülse ab und findet, dass sie saugt. Sie sitzt. Als er den äußeren Boden des langen Teiles betrachtet, weiß er nicht, ob er lachen oder toben soll, denn in das Oval hat der Handwerker seinen Schlagstempel eingeprägt. Er liest die sauber erkennbare Adresse:

Klempnerei
Carl Illert, Klempnermeister
Lunzenau / Sachsen
Königstraße 14/ Fernruf 269

Dr. Bradley überlegt schnell, dass die Sache ohne Bedeutung ist und nimmt den Ehrgeiz des Meisters hin. Und, der Besatzer zahlt sogar, – in Zigarettenwährung. Drei Stangen Luky Strike entnimmt er seiner Tasche. Illert ist zufrieden; gegen die Stäbchen kann er alles Mögliche eintauschen. Bradley macht ihm noch einmal klar, dass er zu schweigen habe und vereinbart einen weiteren Besuch am späten Abend.

Darauf schloss sich Bradley in sein Zimmer ein. Seinem Fahrer-Burschen erklärte er, sich jetzt mit infektiösem Material beschäftigen zu müssen. Daher dürfe ihn niemand stören.

Auf einem Rundgang im Tanzsaal des Hotels hatte er in der Besenkammer einen Pappeimer mit hartem hellem

29

Wachs, welches für das Tanzparkett bestimmt war, entdeckt.

Nun schmolz er in einer Konservendose über einem Spiritusbrenner in mehreren Gängen solches Wachs und goss es in das futteralähnliche Blechgefäß, in welches er den einzigartigen Speerkopf gesteckt hatte.

Sorgfältig achtete er darauf, das Beutestück von allen Seiten gleichmäßig in das Wachs einzubetten. Als dieses erstarrt war, verschloss er das Gefäß mit der Deckelhülse, legte es in seine Arzttasche und begab sich wieder zu Illert, der es verlöten sollte.

Diesmal hatte Bradley den Weg über das Flussufer gewählt. Es war schon dunkel und er benutzte eine kleine Taschenlampe, um den richtigen Aufgang zum Grundstück des Klempners zu finden. In dessen Garten fuhr ihm der Schreck in die Glieder, weil die Gänse laut trompeteten. Zum Glück waren sie eingesperrt.

Der Meister wollte wissen, ob durch die Wärme beim Löten auch nichts in der Kapsel kaputt gehen könnte. Unwillig erklärte der Kunde, dass das Gefäß stehend verlötet werden müsse und trieb zur Eile an.

Gefreiter Fountan gewahrte von der Kaffeeterrasse aus, dass Bradley jetzt zurück kam und verdrückte sich.

Am Vormittag war Fountan mit vier Kameraden, alle immer noch leicht bewaffnet, in dem Städtchen umher gewandert, um es genauer anzuschauen. Fountan störte das unaufhörliche Schwatzen der anderen. Aber die Soldaten durften nur in Gruppen ausgehen.

Nur er hatte Augen für die eleganten Formen und Linien des barocken Kirchturmes. Sie stiegen die Kirchgasse steil empor und weiter in einen schönen, am Hang liegenden Park, wo sie sich schon auf gleicher Höhe mit der Kirchturmspitze befanden. Er bewunderte ein klassizistisches Schulgebäude und sah sich vor dem Eingang zu einer großen Fabrik, in deren Pförtnerhaus das alte Renaissance-Portal eines längst untergegangenen Gebäudes eingefügt war. Es war aus dem warmgetönten, fleischfarbenen Stein gemeißelt, den er allenthalben an den Fenster- und Türleibungen in der Stadt finden konnte. Hinter der Fabrik entdeckten die Soldaten einen zweiten Park von ziemlichen Ausmaßen, in dem sehr alte prächtige Bäume und blühende Büsche, darunter vielfarbige Rhododendren, mehrere Wiesen umstanden. Das Parkgelände war hügelig, wodurch sich wunderbare Linien, Flächen und Räume ergaben. Eine künstliche Ruine und ein schlanker weißer Rundtempel erregten die besondere Aufmerksamkeit des jungen Mannes. Einer der Boys fotografierte seine Freunde in diesem Monopteros in albernen Posen. Nach Osten zu schmiegte sich der Park an eine große Biegung des Flusses. „Nicht übel hier.", dachte der schwarze Mann aus einer ganz anderen Welt. Ob er dabei die Reinlichkeit der Wege und Stege, die bunten Häuser, die blank geputzten Fenster mit den weißen Gardinen besonders in seine Überlegungen einbezog, sei dahingestellt. In der Straße, die den eingezäunten Park nach Westen begrenzt, entdeckte er kleine Reihenhäuser mit flachen Dächern. In den Vorgärten harkten und jäteten Frauen und ältere Männer in exakt abgeteilten Gemüsebeeten. Fountan zeigte ihnen seine tadellosen Zähne und nickte ihnen zu. Da lächelten die Leute zurück. – Der Krieg war vorbei. – Aber für diesen Soldaten noch lange nicht.

Am nächsten Tag bereitete Bradley mit Fountan die Expedition zum Schloss vor. Er ließ den versiegelten Wachstuchbeutel mit der Seuchenschutzkleidung, eine Desinfektionsspritze und einen Beutel, in dem sich der Degen und die zwei Schuhschnallen befanden, einladen. Diesen Beutel hatte Fountan packen dürfen. Der Jeep stand vor der Kommandantur, der Fahrer saß bereits darin, als Bradley mit locker umgehängtem Trenchcoat erschien und sich in das Fahrzeug setzte. Und wieder fiel Fountan auf, wie vorsichtig und steif sich der Lieutenant bewegte und seitlich verdreht saß.
Als die Gepäckstücke von Fountan im Eingangsbereich der Kapelle Sankt Anna abgestellt waren, befahl Bradley, die Tür von draußen hinter ihm zu schließen, und Fountan hatte Wache zu halten. Schnell ging Bradley in den nicht einsehbaren Teil des Raumes vor der Gruft. Er legte den Mantel auf einem mitgebrachten Bogen Packpapier ab, zog seine Uniformbluse und das Hemd aus und löste links und rechts die breiten Pflasterstreifen von seinem Oberkörper, die das Blechgefäß auf seinem Rücken gehalten hatten. Dann zog er den Schutzanzug an, stülpte die Visierhaube mit Filter und breitem Schulterkragen auf, schlüpfte in die Schutzhandschuhe und betrachtete den Sarg. Der schwere Deckel bereitete ihm Schwierigkeiten. Er schaffte es schließlich, ihn abwechselnd am Kopf- und Fußende anhebend auf den rechten Nachbarsarg zu schieben.

32

Nun sah er den inneren, den eigentlichen Sarg. Dessen Deckel war erheblich leichter. Ihn legte er auf den links stehenden Sarg. Ungerührt betrachtete Bradley den mumifizierten Schädel und das undefinierbare Gewölle von schwarzgrauer Farbe, was wohl einstmals die Kleidung eines Edelmannes war.

Schnell hob er den mittleren Teil der Überreste an und legte die Kapsel in Längsrichtung darunter. Dann ordnete er das Durcheinander grob, legte den Degen und die Schuhschnallen an die vermeintlich richtigen Stellen. Er verschloss mit großer Anstrengung die beiden Särge. Seine Augen schmerzten vom brennenden Schweiß, und auswischen konnte er sie nicht.

Er schlug an die Tür, sie wurde geöffnet. Im Hof schälte er sich aus der Schutzkleidung, sie dabei umwendend. Er stopfte sie in den Sack, der schon die zusammengedrückten Heftpflaster enthielt. Dann spritzte ihm Fountan die Hände mit Desinfektionsmittel ab. Der alte Mann hatte zwei Eimer mit Wasser bereitgestellt. Im ersten wusch sich Bradley Arme und Hände, im zweiten das Gesicht. Fountan holte die Uniformteile. Als Bradley vorschriftsmäßig angezogen war, erklärte er, dem Deutschen, so gut es ging, dass er die Gebeine in den Särgen wieder ordentlich gebettet habe, wo das notwendig gewesen sei. Der Kommandant lasse sich für die unbedachte Handlung der Soldaten entschuldigen. Der alte Mann war tief gerührt und bedankte sich mit vielen Verbeugungen. Er werde Mittel und Wege finden, das der gräflichen Familie mitzuteilen. Dann wollte er den Namen des Offiziers wissen. Bradley sagte, er wäre First Lieutenand Miller. Das konnte er machen, weil Fountan schon mit den Gepäckstücken beim Jeep war. Der Alte verbeugte sich immer wieder und wünschte dem edlen Helfer alles Gute und Gottes Segen. Nach der Hand des Amerikaners zu langen, getraute er sich nicht.

Dr. Bradley ließ sich beschwingt und locker in den Sitz des Jeeps fallen und befahl, abzufahren. Der Wagen holperte über das historische Pflaster aus der Burg. Bradley sah noch einmal zu dem Söller und dem zierlichen Wächtertürmchen auf.

Gleich rechts ließ er in einen von niedrigem Gras bewachsenen Weg einbiegen. Vor einem eigenartigen kreisrunden Häuschen ließ er halten und befahl dem Fahrer, in einiger Entfernung den Sack mit der Schutzkleidung zu verbrennen. Gefesselt sah er in die Flammen. Er feierte diese Verbrennung als Abschluss einer Phase der Unruhe, ja, der Ängste, die ihn seit Nürnberg geplagt hatten.

Erst, als nur noch ein kleiner Haufen Asche übrig war, fuhr er zurück nach Lunzenau.

Dort besuchte er die Kranken und sagte seinem jungen Kollegen, er solle nunmehr den Transport in das Hauptlazarett veranlassen.

Dem Kommandanten erstattete er Bericht über den ausgeführten Befehl und schlug vor, eine neue, stabilere Gittertür anfertigen und besser verankern zu lassen.

Am Abend besoff er sich. Allein.

Captain Reyther ließ ihn am anderen Morgen schon zeitig kommen und übergab ihm die Order, sich unverzüglich zu dem Flugplatz bei Altenburg zu begeben, von wo aus er heute nach Innsbruck fliegen würde.

34

Reyhter konnte den Arzt nicht leiden und wollte auf jedes weitere Gespräch verzichten. Er teilte ihm nur mit, dass an ein paar Alpenpässen noch im Mai hart gekämpft worden sei. Vermutlich werde er darum dort im Lazarett gebraucht. Dr. Bradley fragte, was mit seinem Fahrer werden solle. Mehrmals hatte er schon gedacht, Fountan könne eventuell doch etwas bemerkt haben und es wäre vielleicht besser sich des letzten Mitwissers zu entledigen. Der Kommandant sagte, über die Verwendung des Privat Fountan, dessen eventuelle Übernahme in die hiesige Einheit, werde noch entschieden.

Ein Mensch

Jeremias Fountans Vorfahren waren im Staate Mississippi einst Sklaven französischer Baumwollfarmer namens *de la Fontain*. Obwohl diese Zeit schon lange zurück lag, war die Kindheit und Jugend des klugen, lernbegierigen Jeremias immer noch von Armut und Unterdrückung geprägt. Sein Vater war Fabrikarbeiter in einer Baumwollspinnerei. Dort hatte sich in einem Maschinensaal eine Verpuffung ereignet. Die jahrzehntelang auf den Maschinen, Transmissionen, Trägern und Wandgesimsen abgelagerten staubähnlichen Fasern aus Baumwolle hatten zu einer starken Explosion geführt. Der Vater war durch herumfliegende Trümmer an Bein und Hüfte schwer verletzt worden. Er betrachtete es aber dankbar als Vorsehung, dass er gerade nicht in dem Saal war, wo alle Arbeiterinnen und Arbeiter, schwarze wie weiße, sehr junge darunter, an ihren Verbrennungen starben.

Jeremias sah nur eine Möglichkeit für eine berufliche Entwicklung, die Army. Mit siebzehn bewarb er sich und wurde genommen. Groß, gesund, kräftig, mit schneller Auffassungsgabe, hatte er keine Schwierigkeiten mit dem Drill und der Ausbildung. Ein paar widerliche Schleifereien steckte er weg. Seine frommen Eltern hatten ihn zum Dulden und zum Beten erzogen. Er war zurückhaltend, vorsichtig im Umgang mit den Weißen, sehr höflich und von Grund auf fröhlich und liebenswert. Achtzehnjährig nahm man ihn mit in den großen Krieg.

Mit der zweiten Welle hatte er die Invasion in der Normandie mitgemacht, war also nicht dem ersten Feuer der Deutschen ausgesetzt gewesen. Bald war er Fahrer eines Militärarztes geworden und damit automatisch aus der Kampflinie geraten. Auch er sah darin Fügung und schrieb seinen Eltern, so oft er konnte, um sich für deren Gebete zu bedanken und sie zu beruhigen. Er als Ältester von fünf Geschwistern wusste, dass er irgendwann Verantwortung für die Jüngeren übernehmen werden müsse.

Auf dem langsamen Vormarsch der Army durch Frankreich fand Fountan Zeit und Muse, sich die Städte und Dörfer, die Schlösser und Paläste, und vor allem die Kirchen anzusehen. In ihm entstand ein Bedürfnis, darüber soviel als möglich zu erfahren, um es zu verstehen. Warum war das alles so anders, so alt, reich, erhaben, anrührend und... eben geheimnisvoll? Er merkte bald, dass er mit solchen Fragen den Unwillen seines Chefs, First Lieutenant Dr. Bradley hervor rief, weil der keine plausiblen Antworten wusste und sich daher bloßgestellt sah.

Von diesem idyllischen Tal in Deutschland aus, wo man ihn von seinem Boss trennte, kommandierte die Militär gewalt den jungen Mann in eine neue Truppe.
Deren Ziel war Ostasien; der Auftrag war Kampf gegen die Japaner.
Auch das und den Korea-Krieg überstand Jeremias.
Als er 1953, dekoriert und als Sergeant in die Staaten zurück kam, verließ er mit 27 Jahren die Army.
In Korea hatte er einem jungen weißen Offizier das Leben retten können. Dessen Vater besaß in Lawrenc nördlich von Boston eine Verlags-Druckerei. Diesem Umstand war es zu verdanken, dass Fountan eine Arbeit und eine Aus-

bildung erhielt. Er wurde Setzer. Abends besuchte er Seminare und Vorträge. Sein ganzes Interesse galt der Geschichte Europas. Die Druckerei produzierte einige Werke von Kunsthistorikern. Fountan kam billig oder kostenlos an Probeexemplare. Mit der Zeit mehrte sich sein Wissen über europäische Geschichte, Kunst und Architektur. Ihm schwebte vor, in den Kunsthandel zu wechseln und sich eines Tages darin selbständig zu machen. Aber vorerst musste er hier für seine Familie sicheres Geld verdienen, denn der Vater konnte nicht mehr arbeiten. Geheiratet hatte er in McComp und seine junge Frau mit in den Norden genommen. Als sie vor Heimweh krank wurde, zog er zurück in die alte Heimat. Er kaufte einen Pick-up und fuhr umher, um Antiquitäten und Trödel zu ergattern. Bald machte er in Jackson einen Laden auf und verblüffte die bessere Kundschaft mit seinen fundierten Kenntnissen. Wach und neugierig geblieben, las er, was es Neues in der kunstgeschichtlichen Forschung gab und war als alter Mann einer der ersten im Internet. Zufrieden mit seinen drei Kindern, die tüchtige Leute geworden waren und ihm Enkel schenkten, die wiederum für Urenkel sorgten, beschloss er sein langes Leben in seiner Vaterstadt.

Er hatte sich nie politisch geäußert. War wegen des Wohlverhaltens der Familie nie in Konflikt mit weißen Chauvinisten geraten und hatte nie vom Krieg erzählt.

Am Ende musste er nur noch eine Last los werden, damit er unbedenklich vor Gott treten könnte. Dieser Last entledigte er sich mit letzter Kraft. Und so erfuhren zunächst die falschen Leute von der echten Heiligen Lanze.

Ein Monster

Lieutenant Dr. John Bradley arbeitete bis Anfang September 1945 im Hauptlazarett der Army in Innsbruck und wurde stark gefordert. Er genoss in seiner knappen Freizeit die Stadt und die herrliche Umgebung. Der große Druck war von ihm gewichen, den seine Beute ihm auferlegt hatte. Aufmerksam verfolgte er die Nachrichten und Zeitungskommentare über die neueste internationale politische Entwicklung.

Und es entstand neuer Druck: Die Alliierten hatten sich seit Juli in Deutschland bis Bayern, Hessen und Niedersachsen zurückgezogen, erfuhr er. Deshalb hatte er eines Nachts plötzlich die Vorstellung, wie sowjetische Soldaten in die Gruft einbrächen und sich seiner Lanze bemächtigten. Obwohl er sich bei Tage von diesen Gedanken zu befreien suchte, beunruhigten sie ihn lange Zeit. Bald wurde er recht massiv davon abgelenkt, denn er wurde mit anderen Ärzten nach Japan kommandiert.

Dort befasste er sich mit Opfern der beiden Atombombenabwürfe auf Hiroschima und Nagasaki. Nach der Kapitulation Nippons sollte die Arbeit seiner Gruppe der medizinischen Forschung dienen. Im Wesentlichen erfasste man die verschiedenen äußeren und inneren Symptome der Kranken und suchte die Zusammenhänge der Erscheinungen mit dem jeweiligen Aufenthaltsort der Opfer zum Zeitpunkt der Detonationen herauszufinden. Dem Ganzen wurde ein humanitäres Mäntelchen umgehängt.

Der genaue Zeitpunkt seiner Rückkehr in die USA konnte aus den Transportlisten der Army ermittelt werden. Es war der 15. Dezember 1945. Danach ist er spurlos verschwunden. Die Polizei von San Francisco meldete, dass er vermutlich in eine rassistische Auseinandersetzung geriet und ermordet wurde. Man fand eine total verkohlte Leiche in dem wüsten Gelände eines aufgelassenen alten Hafenbeckens zwischen verbrannten und verkohlten Brettern und Kisten. Bei einem vermutlichen Kampf muss ihm seine Erkennungsmarke abgerissen worden sein, denn sie lag am Rande der Brandstelle. In den Brandresten fand man das nicht gänzlich geschmolzene Rangabzeichen eines Stabsarztes.

Um seine Familie herum ereigneten sich 1946 zwei dramatische Vorfälle. Mehrere Holzlagerplätze und Hallen des Bruders gingen in einer Nacht gleichzeitig in Flammen auf. Im Institut seines Schwagers gab es eine schwere Explosion. Sie geschah zum Glück kurz vor dem Arbeitsbeginn, so dass kein Mensch zu Schaden kam. Der materielle Schaden indessen war immens, zumal die wissenschaftliche Arbeit von Jahren vernichtet wurde.

Die alten Eltern trauerten um ihren John und machten sich gegenseitig Vorwürfe, ihn immer verkannt und schlecht behandelt zu haben. Und nun trugen sie schwer an den Verlusten und Sorgen des Ältesten, des Schwiegersohnes und deren Ehefrauen.

In den Ruinen der Holzgroßhandlung hatte man eindeutig Brandbeschleuniger gefunden. Als Ursache der Explosion in dem Forschungslabor galten gezielte Reaktionen chemischer Substanzen.

Wer war der Urheber? Die Frage fand nie eine Antwort.

Verwandlung

Dr. John Bradley trug ein sorgfältig konturiertes schwarzbraunes Oberlippenbärtchen und nannte sich nun Dr. J.P. Schwartz. Das J.P. stand für Juan-Peter. Als solcher war er das Kind einer spanisch-mexikanischen Mutter und eines texanischen Vaters deutscher Abstammung. Seine Familie, Vater, Mutter und zwei Schwestern waren erst kürzlich bei einem Flugzeugabsturz in den Rocky Mountains umgekommen. Dazu trug er die Fotos der Absturzstelle stets bei sich. Diese und andere Papiere stammten aus den Taschen jenes armen Teufels, den als Leiche niemand mehr hatte identifizieren können. Das Opfer war ein kriegserprobter Arzt, aber durch die Nachricht vom Tode seiner ganzen Familie, die er gleich nach seiner Anlandung in San Francisco bekam, völlig zusammengebrochen. Er wartete auf seine Entlassungspapiere. Endlich hatte er sie. Willenlos ließ er sich von Bradley in San Francisco umher schleppen, um immer wieder den Sieg zu feiern und dabei seinen Kummer zu ersäufen. Sein Status, seine Statur, sein Alter und das Unglück seiner Familie, seine ganze Situation ohne jegliche Verwandtschaft wurde ihm zum Verhängnis. Bradley vergiftete ihn und verbrannte die Leiche. Der Polizei genügte die Erkennungsmarke mit Bradleys Namen. Wozu sollte man da etwa noch langwierige Untersuchungen veranlassen?

In dem kleinen japanischen Hafen, wo Bradley einge-schifft worden war, hatte er, so glaubte er wenigstens, Fountan, seinen ehemaligen Fahrer gesehen. Dieser stand im Gespräch mit einem schwarzen Militärpolizisten. Ob Fountan oder nicht, die beiden hatten zu ihm hergesehen. Eine fürchterliche Unruhe verließ ihn während der ganzen langen Überfahrt nicht. Er hatte sich um Kranke und Ver-letzte zu kümmern. Das lenkte ihn zeitweise ab. Aber er wurde immer nervöser. Doch Fountan war nicht an Bord, wie Bradley schließlich aus den Listen erfahren konnte. Bradley hatte während der Schiffspassage seinen Kollegen Dr. Schwartz eine Weile beobachtet. Dann legte er es dar-auf an, mit ihm ins Gespräch zu kommen. Als es ihm ge-lungen war, eine gewisse Vertraulichkeit zu schaffen, horchte er den Mann regelrecht aus. Man war allgemein in Siegesstimmung, was das Mitteilungsbedürfnis der Männer steigerte.

Nun, nachdem er die Identität seines Opfers angenom-men hatte, brauchte er sich nur noch das Diplom der Universität anfertigen zu lassen, an der Schwartz studiert hatte. Den Fälscher dazu hat er bald gefunden.

Bradley fuhr, nachdem er sich an den Seinen für die Zurücksetzungen in der Kindheit und Jugend gerächt hatte, als Dr. Schwartz unstetig in einigen Staaten umher, um eine Anstellung zu finden. Sorgfältig und misstrauisch prüfte er alle Umstände in den Kliniken, damit er nicht auf jemand träfe, der zufällig den richtigen Dr. Schwartz gekannt hatte. Endlich fand er eine Stelle in einem patho-logischen Institut in Boston. Lange scheute er sich, zu veröffentlichen und auf Kongresse zu fahren. Bradley bildete sich ständig weiter, um eventuell die Möglichkeit zu haben, sich mit einem Spezialgebiet in einer guten Gegend niederzulassen. Er brauchte Geld. Sein Hauptziel aber war, durch den Verkauf der Lanze reich zu werden.

Er war einsam, hatte nur wechselnde Frauenbekanntschaften, ging zu Prostituierten und brüstete sich bei diesen Mädchen mit einem großen Geheimnis, das er natürlich nicht preisgab. Wenn die Braut nicht darauf einging, verfiel er in eine traurige Wut über die blöde Teilnahmslosigkeit. Fragte eine genauer nach, wurde er ausfällig.

Allein in seiner Wohnung, setzte er sich häufig an den Tisch um lange die Bilder der Lanze in verschiedenen Büchern zu betrachten. Mittlerweile hatte er genaue Kenntnisse über die Geschichte der Kultwaffe und die mit ihr in Zusammenhang stehenden Legenden.

Manchmal dachte er an Fountan, seinen Fahrer. Hatte der etwas mitbekommen oder nicht? Worüber hatte er mit dem Militärpolizisten gesprochen? Lieutenant Dr. Bradley war offiziell tot; aber was, wenn der Bursche das Versteck für etwas unbe-stimmt Wertvolles angäbe?

Sollte er ihn suchen und ausschalten? Der Aufwand würde erheblich sein.

„Der Nigger war bestimmt zu blöd, also lass ihn.", redete er sich ein. Es kam ihm selbst vor, als führe er zwei Leben. Tags-über konzentrierte er sich auf die Arbeit und sein berufliches Fortkommen, in der knappen Freizeit bewegte ihn die Frage, wie er zu seiner Beute gelangen könnte. Er schlief wenig, arbeitete viel und war zerfressen von Ehrgeiz und Habsucht.

Genau verfolgte er die Entwicklung in Deutschland. Da hatte sich doch tatsächlich neben dem bürgerlichen noch ein sogenannter Arbeiter-und Bauern-Staat gegründet. Nun wartete er ab, was da unter der Ägide der Sowjets entstehen würde.

In den USA wuchs der Widerstand gegen die *Politik der Stärke,* gegen die Atombombe und die Wasserstoffbombe. Der US-Senator McCharthy erklärte 1950, Amerika sei ein Land voller Staatsfeinde und übernahm den Vorsitz des *Ausschusses zur Untersuchung unamerikanischen Verhaltens.* Der Kampf der Vernünftigen setzte sich dennoch über drei Jahrzehnte fort. Der Vietnamkrieg, der 1965 durch den Einsatz von Napalm durch die Amerikaner eskalierte, hatte in der ganzen Welt den organisierten Widerstand verstärkt.

Das alles registrierte Bradley, ohne Partei zu ergreifen. Er wusste auch, dass sich in Westdeutschland und Frankreich eine Friedensbewegung stark machte, dass bedeutende Menschen sich für den Weltfrieden und die Abrüstung engagierten. Er verzeichnete die Bemühungen der Regierung Ostdeutschlands, sich als Friedensstaat zu präsentieren. Auch dort traten Wissenschaftler, Schriftsteller und Künstler gemeinsam mit Gästen aus vielen Ländern auf, um gegen den kalten Krieg zu kämpfen.

Das war das Feld, auf dem er mitmischen wollte, um hinter den Eisernen Vorhang, in die DDR, zu gelangen, wo seine Beute auf ihn wartete.

Der US-amerikanische Arzt und Forscher Dr. J.P. Schwartz weilt in der Schweiz. In Genf hat er Kontakte geknüpft. Er hält Vorträge über die Folgen atomarer Verseuchung. Seine Darstellungen sind drastisch; er berichtet so, wie er selbst das Leiden der japanischen Opfer gesehen und dokumentiert hat. Er erhält Aufmerksamkeit, wird auch in die Bundesrepublik Deutschland eingeladen. Sein Äußeres hat sich mit der Zeit so stark verändert, dass niemand in ihm den John Bradley wieder erkennen würde. Er ist grau geworden und füllig, hat einen graumelierten Kinnbart. Wie Albert Schweizer trägt er stets eine Fliege. Wegen angeblicher starker Lichtempfindlichkeit trägt er eine Brille, die stufenlos nach oben hin dunkler wird. Da begegnet er einer Frau, die vielleicht fünf Jahre älter ist als er. Sie glaubt, eine Friedensaktivistin zu sein, weil sie Charity-Partys inszeniert, auf denen für die Friedensbewegung gesammelt wird. Sie schwärmt für den Doktor, der so gar kein Blatt vor den Mund nimmt und mit dem man die Menschheit retten könnte. Sie schwärmt auch von fernöstlicher Religion und Philosophie; er bestärkt sie darin.

Er heiratet sie und damit Beziehungen und Geld, denn sie ist die reiche Witwe eines Spekulanten und Kriegsgewinnlers. Sie empfand früher das Geld ihres Mannes als schmutzig, betrachtet es aber mit ihrer „Erweckung" und neuerlichen Heirat als im gleichen Zuge gereinigt. Er wird Schweizer Staatsbürger.

Der Friedenskämpfer

Im Jahre 1975 kommt Bradley seinem Ziel näher.

Im noblen Park-Hotel, Bad Homburg vor der Höhe, tagt die Internationale Gesellschaft für Hämatologie und Onkologie. Professor Dr. Horst Kleinschmidt von der Medizinischen Fakultät der Universität Leipzig erhält starken, achtungsvollen Beifall.

Dr. Schwartz begibt sich zu dem Kollegen und beglückwünscht ihn zu dem Vortrag. Er zeigt sich erstaunt, sowohl über die neuen Forschungsergebnisse als auch über die Anwesenheit ostdeutscher Wissenschaftler hier im Westen. Er denkt sich, dass schon diese Tatsache Beweis für die hohe Qualifikation, die Verdienste, aber auch für die Loyalität des Mannes zu seinem Staat ist. Man trifft sich zum Cocktail und findet immer mehr Gefallen aneinander. Kleinschmidt hat von dem Engagement des Dr. Schwarz für den Frieden erfahren. Schwartz erfährt, dass DDR-Mediziner sogar als Präsidenten internationaler medizinischer Gesellschaften fungieren.

Nach penibler Prüfung des Anliegens der Universität Leipzig durch das Ministerium und die *zuständigen Organe*, den Friedenskämpfer und Wissenschaftler Dr. Schwartz aus der Schweiz zu einigen Gastvorlesungen einzuladen, kommt er.

Er hat sogar die Nerven, wieder abzufahren, ohne sich im Geringsten um Maßnahmen zur kümmern, die ihn wieder in den Besitz seiner Beute bringen könnten. Er wird wiederkommen.

Man weiß, dass er Bürger der USA war. Zur Leipziger Messe bringt man ihn mit einem aus den Staaten in die DDR umgesiedelten Journalisten und mit einem ehemaligen Hollywoodschauspieler zusammen, der hier Filme dreht und den Country-Sänger gibt. Es entstehen vertrauliche Verhältnisse. Schwartz wohnt im „Hotel am Ring". (Im Zuge der *Abgrenzung* zur BRD war es umbenannt worden, es hieß als Neubau einige Zeit „Hotel Deutschland".) Manchmal übernachtet er aber auch im Hause des Professors.

Dort bespricht man den Triumph der DDR-Führung. Der zweite deutsche Staat wird international anerkannt und Mitglied der UNO. Die KSZE-Schlussakte von Helsinki festigt die friedliche Koexistenz der Staaten unterschiedlicher Gesellschaftsordnungen. „Erich Honecker saß direkt neben Präsident Ford. Habt ihr das Bild gesehen? Toll!" Eine neue Epoche für Europa beginnt. Der Frieden wird sicherer.

Vom Sohn des Professors, einem jungen Medizin-Studenten, lässt sich Dr. Schwartz erklären, wie man einen „Trabant" bedient. Will man zum Beispiel den Tankfüllstand kontrollieren, macht man das mit Hilfe eines Messstabes bei geöffneter Motorhaube. Der Vergaserkraftstoff ist ein verbleites Benzin, dem Öl beigemischt wird, weil das bei Zweitaktmotoren so sein muss. Dr. Schwartz ist begeistert von der einfachen, robusten Technik.

Bei der Frau des Hauses hat er sich für die schon mehrmals genossene Gastfreundschaft revanchiert, indem er ihr einen Flakon *Chanell Nr. 5* und ein paar Schweizer Seidenstoffe für Kleider verehrte.

Mit dem Dienstwagen des Rektors, einem dunkelblauen Polski Fiat 1500 *Mirafiori*, fährt man den Gast ein wenig ins Land. Die schicke Assistentin der Universitätsleitung, die man ihm neben dem Fahrer mitgegeben hat, zeigt ihm die Burg Gnandstein und bemerkt, dass der Freiheitsdichter Theodor Körner hier bei der Schwester seine Wunden aus dem Befreiungskrieg ausheilen ließ.

Dr. Schwartz macht: „Aah–ja."

Danach fährt man auf den Rochlitzer Berg mit wunderschöner Aussicht bis in das Erzgebirge. Auf dem Aussichtsturm schwenkt er das Glas langsam und fragt, was da für eine silberne Haube aus dem Wald schaut.

„Das ist die Rochsburg; wir können ganz schnell dort sein, wollen sie?"

„Oh ja, ich liebe Burgen und Schlösser!"

Er lernt außerdem von der klugen Dame, dass der rötliche Stein, der in der ganzen Gegend seit alter Zeit für Tür- und Fensterleibungen, in Sakralbauten und auch in der modernen Architektur verwendet wird, eben hier auf diesem Berg gebrochen wird. Es sei Porphyrtuff, also vulkanischen Ursprungs.

„Great, ich meine interessant." Sagt Dr. Schwartz, denkt aber an etwas ganz anderes.

Innerlich aufgewühlt, äußerlich beherrscht, steht der Mann nach dreißig Jahren wieder vor der Burg. Verächtlich nimmt er den Verfall wahr. Das Geländer um den Wächterturm hängt schief über dem Rand der Galerie. Große Flächen der Mauern sind ohne Putz. Der Innenhof ist feucht, voller Moose und Algen an den Wänden, weil Dachrinnen und Fallrohre kaputt sind.

Der wertvolle Sandsteinaltar in der Kapelle ist voller salziger Ausblühungen, der Fußboden glänzt schmutzig feucht, die roten Gewölberippen an der Decke sehen aus, als müssten sie schnellstens abgestützt werden.

Bradley erschauert, als er durch die starke Gittertür auf den mächtigen Sarg blickt. „Er ist tatsächlich noch da. Und sie ist auch noch da drin, ich weiß es." Mehr kann er nicht denken.

Die musealen Räume schaut er ohne Interesse an, man erfährt ohnehin nicht viel über die wenigen Exponate. Er muss nun auch wieder zurück nach Leipzig. Die Assistentin erklärt, dass man das kulturelle Erbe in der DDR mit Liebe pflegt, aber eben nach Rang und Wert schrittweise, „schwerpunktmäßig" vorgehen müsse.

Einige weitere Vorträge und Symposien werden für den nahen Herbst geplant. Dr. Schwartz wird es gestattet, mit eigenem Wagen in die DDR einzureisen. Er schlägt vor, zu sparen und ihn nicht im Hotel, sondern in einem der heimeligen Leipziger privaten Messequartiere unterzubringen. Man nimmt dieses Angebot nicht an.

Schwartz alias Bradley hat das Umfeld seiner überspannten Frau und jeden möglichen Kontakt darüber hinaus dazu genutzt, um Einblicke in die Antiquitäten-Szene zu erhalten.

In Paris, Mailand, London, in Zürich, Genf, Düsseldorf, München und Hamburg hat er Versteigerungen besucht, um die richtigen Leute kennen zu lernen. In zwei bekannten Auktionshäusern hat er mit Barbesuchen und Schmiergeld sogar ein paar Namen von anonymen Sammlern erfahren, die nur über Telefon bieten oder bieten lassen. Er schätzt, dass er für eine diskrete, aber ergiebige Abwicklung seines Geschäftes gerüstet ist.

Da stirbt seine Frau.

Der untröstliche Witwer steht am offenen Grab seiner über alles geliebten Gattin, Frau Sabine Christiane Schwartz, verwitwet gewesene Flechtenbacher, geborene Skorzeny und nimmt hinter einer schwarzen Sonnenbrille und mit zusammengepressten Lippen die Kondolenzen der Trauergesellschaft entgegen.

Sie erlitt mit 65 Jahren einen Herzstillstand, nachdem sie schon seit drei Jahren wegen gelegentlicher Herzattacken in medikamentöser und Kur-Behandlung gewesen war.

Dr. Schwartz wird in seiner Hoffnung getäuscht, eventuell auch ohne jenen ganz großen Deal für den Rest seiner Tage versorgt zu sein, denn der Notar verkündet, das der größte Teil der Geldmittel und Wertpapiere in eine schon bestehende Stiftung zugunsten von Kriegs- und Katastrophenopfern fließen wird.

Er behält die Villa am Genfer See, Möbel, Schmuck, Bilder, Skulpturen und anderes Inventar. Sie grüßt ihn aus ihrem Testament, das wohl erst in allerletzter Zeit geändert worden ist, als tätigen Menschen, der für sich selber sorgen könne.

„Hat die verdammte Hexe etwas geahnt?" Denkt Bradley und quittiert mit eisernem Gesicht die monoton heruntergeleierte Lesung des Notars.

Er wird den ganzen Kram hier verkaufen und damit ein Zubrot verdienen. Die Alte war die beste Gelegenheit, richtig Fuß zu fassen. Ihre albernen Verführungsversuche hat er sich schon bald nach der Vermählung vom Hals geschafft. Eigentlich ein Wunder, dass sie ihn nicht gefeuert hat. Aber mit ihm konnte sie ihren Drang nach Öffentlichkeit, ihren blöden Ehrgeiz, überall dabei zu sein und ihren Quark zu verteilen, befriedigen.

Nun gut, wenn er sich erst den Flecken Erde heraussuchen kann, der ihm passt, hat er die Episode mit der philanthropischen Schachtel bald vergessen.

Die SED-Zeitung „Neues Deutschland" berichtet über die Absichten der Regierung der BRD, sogenannten Radikalen im öffentlichen Dienst die Mitarbeit zu versagen und prognostiziert eine Welle von Berufsverboten. – Ganz groß aufgemacht erscheint der Beschluss des Wirtschaftsverbundes der sozialistischen Staaten, COMECON, 150 Atomreaktoren zu bauen. In der Wochenendbeilage würdigt die Zeitung den Kongress interdisziplinärer Wissenschaftsverbände der DDR in Leipzig zu Fragen der friedlichen Nutzung der Kernenergie. Der als Gastredner eingeladene Schweizer Wissenschaftler Dr. med. Dr. hc. Peter Schwartz habe ein eindeutiges Bekenntnis zur Sicherheit und totalen Beherrschbarkeit der Prozesse unter den Bedingungen der sozialistischen Produktionsweise abgegeben. Nachträglich würdigt man die Verleihung der Ehrendoktorwürde der Leipziger Universität an den verdienten Forscher.

Im Hause seines Leipziger Freundes, Professor Kleinschmidt wird mit einigen Vertauten gefeiert. Zu vorgerückter Stunde fabuliert der Hausherr über die illustre Gesellschaft, die sich hier im Villenviertel Leutsch eingenistet hat. Kunstmaler, Musiker, aber auch clevere Handwerker; und alle gut bewacht von den Genossen des MfS, die dort drüben in der großen Jugendstilvilla hinter den hohen alten Bäumen residieren. „Das muss eine Sondertruppe sein, denn das Hauptgebäude der GHG ist ja in der Stadt drinnen an der runden Ecke."

„Was bedeutet GHG?" Will Schwarz wissen.

Die angeschickerte Runde kichert.

Der Sohn erklärt: „Eigentlich ist es die Abkürzung für *Großhandelsgesellschaft*. Aber in diesem Falle der Anwendung bedeutet es Gucken-Horchen-Greifen."

Schwarz ist verunsichert, weiß nicht ob er mitlachen soll.

„Aha, Sie sehen diese unverzichtbare Einrichtung auch mit etwas Witz."

„Ja, richtig, und wenn man mit diesen Leuten spricht, merkt man, dass auch sie nicht humorlos sind. Je höher, umso lockerer, verstehen Sie, Peter."

Na ja, Schwartz ist sich nicht im Klaren darüber, ob seine Gastgeber tatsächlich absolut treue Gefolgsleute ihrer Führung sind.

Ein anders Thema beschäftigt die Gesellschaft.

Schwarz steht auf und nähert sich dem Sohn des Professors, der suchend vor einem Bücherregal steht.

Sie reden über Autos. „Da fährt doch tatsächlich einer hier gleich um die Ecke einen neuen Mercedes. Angeblich kriegt er Exportprämien in harter Währung. Solch einen Wagen möchte ich nur mal probehalber fahren." „Aber Stefan, das ist doch gar kein Problem. Machen Sie mit meinem Wagen eine Spritztour, ich nehme dafür einmal ihren Trabbi. Würde mir großen Spaß machen." „Nein, Doktor Schwartz, das würden Sie tun? – Aber meine Eltern brauchen davon nichts zu wissen." „Mediziner-Ehrenwort!" „Wann machen wir es?" Fragt mit aufgerissenen Augen der junge Mann. „Morgen Nachmittag." - „Toll!"

Am späten Nachmittag dieses Samstages treffen sich die beiden Automobilisten in einer Nebenstraße des Viertels und tauschen die Autos samt Papieren. „Keine Angst, ich werde bestimmt ganz vorsichtig fahren, Doktor Schwartz, Ihrem Benz wird nichts passieren." „Okay, gute Fahrt!"

Es ist schon dunkel. Bradley passiert das Städtchen Frohburg an der alten Straße von Leipzig nach Annaberg, es ist die „95". Er übersieht das eher kleine, nicht reflektierende Umleitungsschild in dem leichten Nebelschleier, der über den abgeernteten Feldern und der Straße liegt. An der Kreuzung der „95" mit der „7", wo er entweder in Richtung Geithain/Rochlitz oder Altenburg geleitet worden wäre, fährt er weiter geradeaus. Erst kürzlich war er hier zu dem Ausflug entlang kutschiert worden; er kennt ja die Strecke. Ein Waldstück hat er bald durchfahren, da leuchten rote Lichter, sie entstammen zwei roten Petroleumlampen. In seinem Scheinwerferlicht sieht er den rot-weiß gestreiften Absperrbock. Ärgerlich lenkt er in eine Straße, die nach rechts abbiegt und verfolgt sie etwa drei Kilometer bis in die Nähe eines kleinen Dorfes, durch-fährt es nach einigem Zögern. Er hält an und entscheidet sich für das Umkehren. Mit der Taschenlampe sucht er die Karte ab, kann aber keine Übereinstimmung mit seiner örtlichen Wahrnehmung feststellen.

Die nervöse Anspannung dieses lange herbeigesehnten Tages, verstärkt durch den Ärger über die Umleitung und die Angst, gerade heute in die Irre zu fahren, bewirkt ein Bedürfnis, das sich bei ihm sonst nur morgens meldet. Er fährt in einen Feldweg, weil er mindestens hinter einen Busch gehen möchte. Gerade eben kam ihm ein Fahrzeug entgegen. Er kann niemals in dieser offenen Landschaft ...

Der Feldweg wird plötzlich zur schmalen Straße, die pro-visorisch, das heißt schlecht, mit Betonplatten belegt ist. Der kurze Wagen stolpert regelrecht von einer Platte zur anderen. Immer noch kein Busch oder Wald. Ein Reh verfehlt er nur knapp, er bleibt stehen, weiter, da erkennt er über den Nebelschwaden dunkle Bäume gegen einen leichten Widerschein am Himmel.

Schon ist er, schweißnass, mit schmerzendem Gedärm, hinter dem kleinen weißen Schild, welches den militäri-schen Bereich ankündigt und stellt sein Fahrzeug an den Rand, rennt zum Wald.

„Stoj!" tönt es furchtbar laut und sonor aus zwei Kehlen. Grelles Licht zweier Taschenlampen blendet ihn. Ein Gewehrlauf wird in seinen Rücken gedrückt.

Die sowjetischen Soldaten bewachen die erste Außenzone genau jenes Militärflugplatzes bei Altenburg, von dem aus er damals nach Innsbruck abgeflogen war.

Er wird mit dem Gesicht nach unten ins Gras geworfen und abgesucht. Da stößt der Soldat Laute des Ekels aus. Bradley vernimmt die hart und kurz gerufene Meldung eines der Soldaten in ein Funktelefon. Zwischen seinen Schulterblättern verspürt er schmerzhaft einen Stiefel. Bald darauf ein Motorgeräusch, flache Lichtkegel, ein Auto hält, er wird gepackt und in den Geländewagen gestoßen. Die gefesselten Handgelenke schmerzen. Die Männer fluchen über den Gestank, den er verbreitet. Unsanft und für ihn doppelt unangenehm wird er auf holprigen Waldpfaden zur Kommandantur gefahren. In einem offenen Fahrzeug-Unterstand muss er sich ausziehen. Ein junges Bürschchen spritzt ihn zum Gaudi mehrerer Soldaten mit einem kalten, harten Wasserstrahl ab. Dann wirft man ihm eine graue Decke zu.

Sein Schweizer Pass liegt vor dem Offizier, der ihn in deutscher Sprache anspricht und bald merkt, dass sein Gefangener mit englischem oder amerikanischem Akzent spricht. Die Sache ist klar. Der Trabant wird durchsucht. Man findet einen Fotoapparat, diverses Werkzeug und in seiner Reisetasche einen kleinen batteriebetriebenen Trennschleifer, Dietriche und einen Kuhfuß. Den Trennschleifer muss er erklären, weil solch ein Mini-Werkzeug unbekannt ist. Dass Fotoapparat und übriges Werkzeug dem Studenten gehört, nützt dem Gefangenen gar nichts. Nach langen Verhören, Tag und Nacht lässt man ihm keine Ruhe, wird Dr. J.P. Schwartz an die Staatssicherheit der DDR, wo man ihn selbstverständlich längst kennt, übergeben. Militärische Spionageabsichten werden insgeheim ausgeschlossen, was man ihm selbst natürlich nicht sagt. Es werden ihm Spionagevorhaben auf dem Gebiet der Wissenschaft und das Ausspähen vorbeugender Maßnahmen der DDR gegen die Folgen eines atomaren Überfalls unterstellt. Er versucht zu argumentieren: „Aber die Abrüstung, die Entspannung…" und wird ausgelacht. Ob er tatsächlich, wie er angegeben hatte, nur in die Burg Gnandstein einbrechen wollte, um alte Stiche zu stehlen, konnte nicht geklärt werden. Sein Engagement in der Friedensbewegung wird glattweg als Tarnung bezeichnet. Körperlich foltert man ihn nicht, aber die Verhörmethoden der Stasi sind sehr vielfältig. Der Gefangene leidet, verflucht seine Beute, seine Gier und sich selbst, wenn er an die erniedrigenden Umstände denkt, in die er sich mit diesem lächerlichen Gefährt von Kleinschmidt junior gebracht hat.

Nach einem Scheinprozess sitzt er 5 Jahre in verschiedenen Gefängnissen und wird mit anderen schließlich 1980 gegen im Westen geschnappte DDR-Agenten ausgetauscht.

Sein weiteres Schicksal ist schnell erzählt.

Schwartz alias John Bradley kehrte als kranker, vorzeitig gealterter Mann in die Schweiz zurück. Er lebte ohne Antrieb noch eine Weile in seiner Villa am Genfer See, die er nicht mehr unterhalten und wegen des eingetretenen Verfalls nur noch mit Verlust verkaufen konnte. Die Auflösung des sozialistischen Lagers erlebte er nicht mehr; sein Geheimnis offenbarte er keinem Menschen.

Professor Dr. Horst Kleinschmidt wurde Chef eines kleinen Kreiskrankenhauses in Mecklenburg. Sein Sohn wurde exmatrikuliert und lernte Traktorenschlosser, ehe er in waghalsiger Manier in einem Schlauchboot über die Ostsee nach Dänemark floh.

Das Büro des Senators

Monsignore Adam Peers, ein mittelgroßer, schlanker Mann mit Glatze und blasser Gesichtsfarbe, schiebt seinen Finger lockernd zwischen Hals und Priesterkragen, das kantige, glattrasierte Kinn vorreckend, zieht sein schwarzes Jackett zurecht, nimmt die schwarze Ledermappe von dem schmalen Wandtisch, geht vor die Tür und klopft. Sie wird von innen geöffnet. Der ebenfalls schwarz gekleidete Praktikant verbeugt sich und rückt den Stuhl für Peers vor den Schreibtisch. Der Senator erhebt sich, begrüßt seinen geistlichen Berater freundlich mit einer seitlichen Neigung des Kopfes und bittet ihn, Platz zu nehmen. Auf der hochpolierten Kirschbaumplatte des Schreibtisches ist nichts zu sehen außer dem luxuriösen Schreibzeug und einem Kruzifix.

Das Kreuz aus poliertem Ebenholz steht auf einem weißen Marmorsockel. Die Figur des Gekreuzigten ist aus Silber. Ein Geschenk des Erzbischofs.

Senator Henry W. Forrester holte den Monsignore kurze Zeit nach der Entscheidung, sich als Kandidat für das Präsidentenamt zu bewerben, in sein Beraterteam. Der Geistliche hatte ihm geschrieben, wie dankbar er sei, dass der Senator in der großen Rede vor dem Parteitag der

Republikaner das Zitat von dem ehemaligen Präsidenten Bush übernommen hatte, welches da lautete:

„Wir haben einen Auftrag von jenseits der Sterne, das Feuer der Demokratie in die Welt zu tragen."

Er erklärte in seinem Brief, die Gewissheit erlangt zu haben, dass der Senator berufen sei, den Kampf gegen den islamistischen Terror fortzusetzen. Forrester ist nur zu empfänglich für solche Art von Zustimmung.

Peers ist von sich selbst in hohem Maße überzeugt, hat niemals Selbstzweifel. Eine harte Ausbildung hinter sich, arbeitet er seit Jahren erfolgreich für eine geheimnisvolle und finanzstarke Organisation innerhalb des Klerus. Und so hemmte ihn nichts, dem Kandidaten seiner Wahl seine Beratung anzubieten. Er ist dem Senator aber auch zu Dank verpflichtet, da dieser der Diözese eine beträchtliche Summe gespendet hatte, um die hohen Prozesskosten und Entschädigungen mit aufzufangen, die nach der Aufdeckung einiger Pädophilieskandale, verursacht durch Priester und Diakone, fällig wurden.

Die Gattin des Senators, Liliane Forrester riet ihrem Henry, den frommen Mann ständig in seine Nähe zu bitten. Grund dafür waren die Worte des Erzbischofs, welche dieser bei einer Privataudienz an sie gerichtet hatte. Eminenz sagte, dass die große, übermenschliche Verantwortung, die ihr Mann zu tragen bereit sei, unabdingbar geistlichen Beistand erfordere, auch, wenn der Senator von sich aus ein so tiefgläubiger Mensch sei. Es gehe darum, täglich die Kraft des Heiligen Geistes auf sein Haupt herab zu bitten.

Peers regte gleich nach seiner im Erzbistum abgestimmten Berufung in das Wahlkampfbüro des Senators an, die Sammlung der Konservativen, die zwar Wähler der Republikaner, aber keine Mitglieder der Partei seien, stärker in irgendeiner Form einzubeziehen. Die Konservativen hätten genug wirtschaftliche Macht, große Wählerkreise zu mobilisieren. Abhängige Menschen dürfe man im Namen Gottes lenken. Man müsse nicht tatenlos zusehen, wie das Wählerverhalten von der gegnerischen Presse und linken Intellektuellen beeinflusst werde. Den Demokraten müsse man Boden entziehen. Der künftige Präsident müsse das Bollwerk errichten, von dem aus er seinen Anteil an dem allerhöchsten Auftrag erfüllen könne.

Langsam entstand um den unauffälligen Monsignore ein Stab, der sanft und stetig in alle Bereiche der Wahlvorbereitung hinein wirkt und Kontakte seriöser wie dubioser Art knüpft. Aufmerksame Leute fürchten, dass die Zeiten McCharthys zurück kommen könnten, wenn Forrester siegen sollte. Der Terminus „Staatsfeind" ist im Zusammenhang mit Namen von kritischen Künstlern, Schriftstellern und Journalisten zu hören und zu lesen.

Der Senator und seine Umgebung sprechen in einem pastoral pathetischen Ton. Man äußert sich salbungsvoll. Forrester liebt es, zuweilen prophetisch aufzutreten. Ihm ist sogar ein Hang nach „Religion zum Anfassen" eigen. Er umgibt sich mit Devotionalien.

Heute liest Peers dem Senator einen außergewöhnlichen Bericht vor. Darin heißt es:

In McComb, Mississippi, ist im Alter von 81 Jahren kürzlich ein farbiger Veteran des 2.Weltkrieges, ein gewisser Jeremias Fountan verstorben. Er hat in seiner letzten Stunde einem Priester in der Beichte von seinem geheimen Wissen gesprochen. Wohlweislich habe er den Priester von dessen Beichtgeheimnis entbunden. Als junger Soldat habe er in Nürnberg die Unterschlagung eines kulturhistorisch bedeutenden Gegenstandes, nämlich der „Heiligen Lanze", beobachtet.

Die in Wien gezeigte Lanze sei höchstwahrscheinlich ein Duplikat. Er meine, dass der Militärarzt, First Lieutenant Dr. John Bradley die echte 1945 in der Gruft eines Schlosses in Deutschland versteckt habe.

Nach einer Erholungspause gestand er, dass er sich als Schwarzer aus Angst vor dem Verdacht der Mittäterschaft weder damals an einen Vorgesetzten noch später an eine Behörde gewandt habe.

An dieser Stelle hätten nun die Kräfte des Sterbenden erheblich nachgelassen. Er habe Undeutliches geflüstert, dann mit letzter Kraft gesagt, der Ort heiße *Rocky Castle*.

Peers flicht ein, das könne auf Deutsch *Felsenschloss* oder *Steinburg* oder *Schloss Stein* lauten. Wo der Ort liege, habe der Mann nicht mehr aussprechen können. Nach der Absolution sei er friedlich verschieden.

Seiner Familie habe der Witwer aller Wahrscheinlichkeit nach nie von der Sache erzählt. Das habe der Priester durch vorsichtige Befragung der Leute herausgefunden.

Soweit der Inhalt des Berichtes.

Peers bekreuzigt sich und sagt, dass er für die Seele des Veteranen beten wolle.

Forrester müsste auffallen, wie gut das Netzwerk des Monsignore funktioniert. Darüber denkt er aber nicht nach.

Der Senator zeigt sich unschlüssig, was er zu der Sache sagen soll, die sicher für Museumsleute wichtig ist. Aber, was soll *er* damit anfangen?

Peers kommt ihm zuvor und legt ihm zwei Blätter hin, auf denen die Geschichte und die Bedeutung der Lanze dargelegt wird. Peers empfiehlt, mit der Lektüre nicht zu warten und erhebt sich. Forrester ist verblüfft, will sich aber keine Blöße geben, fragt nicht weiter und bedankt sich für den Besuch. Dem Manne haftet eine gewisse Ignoranz gegenüber der Geschichte Europas an. Nun ist er aber auf den Trick hereingefallen, der Neugier weckt.

Forrester und seine Frau erfahren aus der Lektüre das Folgende:

> Die Heilige Lanze gehört zu den sogenannten Reichinsignien der deutschen Könige und Kaiser des „Heiligen Römischen Reiches deutscher Nation". Vor Reichsschwert, Reichsapfel, Reichskreuz und Krone ist sie das älteste Stück. Die Waffe war Sinnbild der Macht und erhabenen Würde ihres fürstlichen Besitzers.
> Mit ihr hat der römische Hauptmann Longinus in die Seite des gekreuzigten Jesus Christus gestochen, um zu prüfen, ob er tot sei. Blut und Wundwasser des Heilandes benetzte die Waffe.

Sie gehörte dann dem heilig gesprochenen Führer der „Thebaischen Legion" Maurizius. Sie ist über die Merowinger (Chlodwig, um 500 erster katholischer Herrscher dieser Dynastie) in den Besitz der Karolinger gekommen. Karl Martell hat die Waffe in der Schlacht bei Tours und Poititiers (732) mit sich geführt. In jener Schlacht ist die Bedrohung des christlichen Abendlandes durch den Islam abgewendet worden. Karl der Große (Kaiserkrönung 800) bewahrte die Lanze als Talisman der Macht. Von ihm aus kam sie in der Folge an mehr als 40 Kaiser. Sigismund, 1433 zum Kaiser gekrönt, gab die Machtsymbole an die Reichsstadt Nürnberg zur ewigen Aufbewahrung. Napoleon suchte die Lanze dort 1796 vergebens, denn sie befand sich schon lange in Österreich.

Hitler ließ die Heilige Lanze mit den anderen Reichskleinodien von Wien nach Nürnberg bringen. Dort hielten einst die deutschen Kaiser Reichstage ab. In Nürnberg wurden die Reichsparteitage der Nazi-Partei veranstaltet. Hitler knüpfte an die Traditionen deutscher Herrscher an. Er bezeichnete seine Herrschaft als Beginn des „Dritten Reiches".

Nach der Einnahme Nürnbergs am 20. April 1945 entdeckten amerikanische Truppen die Reichskleinodien. Auf Befehl von General Dwight Eisenhauer, dem Chef der alliierten

Streitkräfte in Europa, wurden sie am 4. Januar 1946 nach Wien gebracht.

Als US-amerikanische Befreier den Schicksalsspeer in ihre Hände nahmen, starb Hitler. Es war der 30.April 1945 um 14Uhr10. Erhalten ist nur das Lanzenblatt; der Schaft ist verschollen.

Das Blatt ist 50,7 cm lang. Es ist auf 24cm geschlitzt. In diesen Schlitz ist ein eiserner Dorn mit Teilen eines Nagels vom Kreuz Jesu eingefügt. Der Dorn wird durch mehrfache Silberdrahtbindung gehalten.

Das Lanzenblatt ist gebrochen und wird durch drei übereinander liegende Manschetten gefestigt, einer kleinen eisernen, einer silbernen und einer goldenen.

Die silberne hat eine Inschrift, die mitteilt, dass „Heinrich von Gottes Gnaden der Dritte befohlen"... habe, das... „Silberstück" herzustellen und den „Nagel des Herrn" zu befestigen.

Die goldene äußere Manschette ließ laut der lateinischen Inschrift Kaiser Karl IV. anfertigen. Sie lautet

LANCEA ET CLAVUS DOMINI.

Übersetzt heißt das: Lanze und Nagel des Herrn. -

Diesem Schreiben ist das Foto der Lanze aus einem Kunstband beigefügt. Verfasser des Berichtes ist der Praktikant Niklas O'Brian, ein katholischer Seminarist.

Diese flache, alle neueren wissenschaftlichen Erkenntnisse über Alter und Herkunft der Lanze vernachlässigende Darstellung bot man dem Senator an. Als Quelle diente ein Buch mit okkulter Prägung, das sich aber einen wissenschaftlichen Anstrich gibt, weil es durchaus gut recherchierte Teile enthält.
Auftraggeber und Verfasser des Berichtes konnten davon ausgehen, dass Forrester auf keinen Fall selbst im Internet oder in Büchern nachlesen würde. Ihm war ein sachlich scheinender Bericht an die Hand zu geben, der ihm klar macht – das hier beschreibt die Reliquie aller Reliquien.

Peers ließ sofort nach Erhalt des Berichtes über den verstorbenen Veteranen nach der Person und Familie dieses Stabsarztes Bradley suchen. Aus dessen Akte im Militärarchiv ging hervor, dass er seit Ende 1945 vermisst wurde und die Polizei von San Francisco neben einer nicht identifizierbaren Brandleiche seine Erkennungsmarke gefunden hat. Darauf wurde er für tot erklärt. Er ist unverheiratet und nicht verlobt gewesen. Die Eltern sind nacheinander zwischen 1960 und 62 verstorben. Recherchen über die zwei Geschwister laufen noch. Es ist jedoch schon bekannt, dass deren Familien nicht auffällig sind.

Forrester zeigt sich am nächsten Tag gegenüber Peers äußerst beeindruckt von dem Text über die Lanze.
Peers ist sehr zufrieden. Nun breitet er seine Vorstellung von der heutigen Bedeutung der Lanze aus. Vorher beginnt er das Selbstverständnis des Senators erheblich aufzupolieren.

Er weiß längst, dass die Vorfahren Forresters aus dem deutschen Raum gekommen sind und *von Waldner* hießen. Nun macht er Andeutungen, dass die Familie, einst in großer Nähe deutscher Fürsten gelebt und gewirkt hat. Das „von" als Kennzeichen adeliger Herkunft hätten sie als Siedler irgendwann abgelegt, da es im neuen Lebensraum völlig ohne Bedeutung gewesen wäre. Sicher sei das dem Senator nicht so vordergründig bewusst, weil eben die Familie andere Traditionen im freiheitlichen Amerika ausgebildet habe. Die Familie sei damals in Europa im frühen 18. Jahrhundert Opfer politischer Machenschaften gewesen und deshalb ausgewandert. Er erbitte die Erlaubnis und eine Vollmacht, um entsprechende urkundliche Beweise in den Archiven beschaffen zu dürfen. Sicher sei es für die Öffentlichkeit unerheblich und daher auch nicht für diese bestimmt, dass die Forresters von Ministerialen deutscher Kaiser abstammen. Aber daraus ließe sich für die Person des Senators, und wie sich zeigen wird, auch aus anderen Gründen, die Legitimation dafür herleiten, was er ihm jetzt darzulegen habe.

Peers sitzt mit gestrecktem Kreuz auf der Stuhlkante und stellt seine an den Fingerkuppen zusammengelegten Hände auf der Tischplatte wie einen Schiffsbug vor sich hin. Sie sind, wie auch seine Augen, auf den Senator gerichtet. Er spricht leise und gefühlsbetont. Er weiß, wie er überzeugen kann. Er sagt:

„Erstens, verehrter Senator: Das jetzige Wiener Exponat ist unecht. Das haben metallurgische Untersuchungen mit modernsten, zerstörungsfreien Methoden ergeben. Das wird aber vor der Öffentlichkeit verborgen. Warum eine

Nachbildung existiert, kann nur mit dem unschätzbaren Wert des Kleinods erklärt werden. Vermutlich wollte man es den Blicken und dem Zugriff Unbefugter entziehen. Wer das Duplikat wann anfertigen ließ, ist nicht bekannt. Auch verbrecherische Absichten in neuerer Zeit, etwa der Nazis, können nicht ausgeschlossen werden.

Zweitens: Eine echte Heilige Lanze hat existiert. Im immer noch geheimen Teil der Archive der Katholischen Glaubenskongregation im Vatikan liegen die Beweise, allerdings für die Welt nicht zugänglich. Aus Dokumenten der Frühzeit der römischen Kirche geht hervor, dass die Lanze tatsächlich im Besitz des heiligen Maurizius gewesen ist, dass der römische Centurio Gaius Cassius, genannt Hauptmann Longinus (der Speerträger), am Geschehen in Golgatha beteiligt war. Er hat aus Mitleid in die Seite des Gekreuzigten gestochen, um zu beweisen, dass er tot ist und damit zu vermeiden, dass man dem Sterbenden die Beine bricht. Denn das war ein fürchterlicher römischer Brauch gegenüber niedergestreckten Feinden. Damit ist die Prophezeiung des Jesaja erfüllt: *Ihr sollt ihm kein Bein brechen.* So ist also der Leib des Messias unverstümmelt geblieben." Der Senator bekreuzigt sich. Peers tut es ihm nach und fährt fort: „Longinus ist dadurch von einem Augenleiden geheilt, und als Heiliger in Jerusalem verehrt worden.

Das alles ist gesicherte Überlieferung.

Drittens: Aus den geheiligten Aufzeichnungen ergibt sich also, die Heilige Lanze ist die bedeutungsvollste unter den ganz wenigen Reliquien, die unmittelbar mit dem Leib des Gottessohnes, unseres Herrn, in Berührung gekommen sind.

Viertens: Die göttliche Kraft der Heiligen Lanze ist stets Garant des Sieges in den Glaubenskriegen der Herrscher gewesen. Ihre Anwesenheit in den bedeutenden Schlachten gegen die Heiden ist historisch belegt. Göttliche Kraft vergeht nicht, Mister Forrester, daher wohnt sie auch heute noch in dieser Waffe."

Forrester nickt bedeutungsvoll.

„Fünftens: Wenn der Bericht des Veteranen wahr ist, dann handelt es sich also tatsächlich um die echte Heilige Lanze."

Peers macht eine Pause, zieht die Luft hörbar durch die Nase, nimmt die Hände auseinander, stützt sie auf und reckt damit seinen Oberkörper noch weiter. Jetzt hebt er die Stimme wohldosiert.

„ Sechstens: Die Lanze muss gefunden werden. Und zwar von der Macht, die allein willens und in der Lage ist, die Werte der christlichen Welt zu verteidigen und zu verbreiten. Für die heutigen Europäer hat sie lediglich kunsthistorische Bedeutung.

Und schließlich siebentens, Senator:" Er ist aufs Äußerste erregt und sprüht beim Sprechen Speichel auf den Schreibtisch seines Zuhörers. „Die Heilige Lanze gehört als Unterpfand und göttlicher Kraftquell in die Hände des künftigen Lenkers der Kämpfe gegen den islamistischen Terror und gegen die Kräfte, welche die Grundlagen christlicher Kultur untergraben wollen. Sie gehört in das Oval Office. Aus einem geweihten Glastresor wird ihre heilige Aura Ihr künftiges Amt, verehrter Mister Forrester, überstrahlen."

Der Senator ist dieser abenteuerlichen Gedankenkette gegen den Schluss hin mit offenem Mund gefolgt. Er ist tief ergriffen.

Er drückt dem Geistlichen die Hände und bedankt sich, erklärt, jetzt seine Gedanken ordnen zu müssen, so aufgewühlt sei er.

„Dann wollen wir miteinander beten, Mister Forrester." Sagt mit Bestimmtheit Monsignore Peers und düngt das Beet, das er in der Brust des seltsamen Mannes angelegt hat.

Gleich danach widmet sich der Senator der Weltpolitik und empfängt eine Delegation von Exil-Iranern. Kein freundliches Neigen des Kopfes; jetzt ist er ganz Exponent des allmächtigen Amerika. Jetzt fühlt er sich bereits ins Absolute erhöht.

Die Familie Forrester hat ihren Reichtum auf vielfältige Weise erworben. Die Vorfahren bemächtigten sich mit den damals üblichen rüden Methoden riesiger Ländereien, von denen die Urbevölkerung vertrieben worden war. Ein Hort für äußerst gewinnbringende Spekulationen war angelegt. In vielen aufwachsenden Städten des Mittelwestens traten die Forresters als Bauunternehmer und Bauherren auf. Sie kauften sich in verschiedene Industrien ein und verpassten auch die Beteiligung an der Erkundung und Ausbeutung von Öl und anderen Bodenschätzen nicht.
In der Politik mischten die männlichen Sprosse seit langem mit. Sie betrachteten Senatorenämter wie Erbtitel. Mit Geld setzten sie ihre Aspiranten immer durch. Bezeichnenderweise gab es nie einen Gouverneur aus ihren

Clan. Sie engagierten sich nach dem Prinzip „pro domo", für ihr eigenes Wohl. Ein Senator in Washington wusste immer gut Bescheid, konnte strategisch für seinen Clan operieren. Nun, auf riesigen Vermögen sitzend, streben sie nach dem Höchsten. Für sie ist die Zeit reif.

Henry W. Forrester war von Vater und Mutter auf das Ziel, das Weiße Haus zu erobern, von klein auf dressiert worden. Aber keiner seiner Lehrer hatte ihm jemals außergewöhnliche Intelligenz bescheinigt. Allmählich wurde sein Hang zur Religion übermächtig. Er und die Kreise, in denen er sein Profil ausbildete, waren und sind der Meinung, dass nur ein im katholischen Glauben fest verwurzelter Präsident die USA regieren darf und deren führende Rolle in der Welt festigen und ausbauen kann.

Und Monsignore Peers zimmert mit willigen Helfern dem Präsidenten eine Liste ganz maßgeblicher europäischer Vorfahren zusammen. An einigen Stellen schimmert der Glanz der Heiligen Lanze durch.

Forrester schaut sie sich die Ahnentafel täglich an und ein Sehnen nach Nähe zu diesen großen Ahnen erfüllt ihn. Wie geschichtslos dunkt ihm sein bisheriges Dasein. Wieso wusste er nichts von dieser großartigen Tradition der Siedler mit dem Namen **von Waldner**? Seine Eltern kann er nicht mehr fragen. Die Mutter ist gestorben, der Vater leidet an Altersdemenz, die Onkel sind tot.

Vier ehemalige Geheimdienstleute unterer Ränge schickte er auf die Suche nach dem Objekt seiner Begierde.

Zweiter Teil

Verloren - gewonnen

„Der Fall ist abgeschlossen. Das sind deine Worte vom Freitag, Moritz! Heute ist wieder Freitag; warum grübelst du dann immer noch? Oder hab' ich etwas falsch gemacht?"

„Du hast ja Recht, ... ach Martina, nein, du hast damit nichts zu tun. Ich bin nur noch nicht darüber hinweg, dass ich so betrogen worden bin."

„Der Mann war am Ende, wusste nicht weiter. Und, er hat sich für seinen Bruder geschämt.", erwidert Martina.

Moritz kann diese Gründe nicht akzeptieren. Er sagt: „Aber mir, mir als Freund hätte er sich doch anvertrauen können. Nun steh ich da mit dieser Enttäuschung, habe ihn verloren und weil ich seine Mutter ausgehorcht habe, mache ich mir Vorwürfe. Aber das tat ich noch in der absoluten Meinung, dass der Anfangsverdacht unsinnig wäre."

Martina versteht ihren Mann und sie will ihm helfen.

„Du hast wirklich einen Menschen verloren bei der Geschichte. Aber hast du nicht auch einen dadurch gewonnen?" Sie dreht sich ganz zu ihm und knetet ihr Kopfkissen genießerisch zurecht.

„Ja, mein Mädchen, dich und bald noch eine kleine Seele dazu." Moritz Löwe hat plötzlich seine trüben Gedanken verloren und schaut seine Frau an. Er fühlt sich sehr glücklich. Martina sagt: „Morgen wird wieder ein schöner

Urlaubstag. Da erzählst du mir einmal alles von Anfang an. Wir werden die Sache aufarbeiten. „Ja, morgen wandern wir und suchen uns einen schönen Platz."

Kriminalkommissar Moritz Löwe weiß nicht, dass er manches über die Sache gar nicht wissen kann.

Biergärtchen am Anger

„He, aufwachen, ich hab dich was gefragt! Trinkste noch'n Bier mit, du Pfeife?"

Der solchermaßen Angerempelte sitzt wie ein müder Kutscher, die Ellenbogen auf den Oberschenkeln und stiert auf den Kies zwischen seinen Füßen. Er richtet sich auf und sagt leise: „Nee, ich muss gehen." Er geht sein Bier bezahlen und vergisst, dass er für zu Hause etwas mitnehmen wollte. Der Inhaber des Getränkeladens hat ihn noch nie so geistesabwesend gesehen. Stumm grüßt der Mann mit schlaffer Handbewegung die Gesellschaft und trottet davon.

Jetzt sitzen acht Männer im Kreis auf dem Hof der ehemaligen Terrazzofabrikation hinter einer Verkleidung aus Holzgittern und trinken ihr „Feierabendbier". Es sind Rentner und solche, die gerade nicht an der Wertschöpfung teilnehmen dürfen. Und ein Fremder ist da. Diese Quasselecke mit den Gartenstühlen haben sie sich nach und nach vom Getränkehändler ertrotzt. Der hat sogar Blumenkübel aufgestellt.

„Was war denn mit dem plötzlich los?", fragt einer der Männer. Keiner weiß es, interessiert auch nicht.

Der Fremde, der sich als Moritz beiläufig vorgestellt hat, fragt, zu seinem Nachbar geneigt: „Wer ist der Mann?" Der schaut etwas verschlafen und zögert mit der Antwort. Zwei andere geben Auskunft. Und so erfährt der Fragende von den stark sächselnden Männern: Das ist Harro

Flämig, seit Jahren ohne richtige Arbeit, versucht alles, ist ein fleißiger Mensch, aber er findet nichts Festes.

Löwe fragt: „Hat er Kinder?"

„Ja, einen Jungen von 12 Jahren.", wird ihm geantwortet.

„Harro war mal der jüngste Webermeister in der *Möbelstoff- und Plüschweberei;* die haben in die ganze Welt ihre Stoffe und Teppiche exportiert. Ja, sogar Gebetsteppiche für den Orient haben die gemacht. Nach der Wende hat denen keiner mehr einen Faden abgekauft. Sind genau so untergegangen, wie die Strumpffabrik und die Molkerei, von der Mützenfabrik gar nicht zu reden. Lediglich die Papierfabrik ist teilweise noch in Betrieb." – Ein Etwa-Fünfziger witzelt: „Wir haben hier seit Jahren gute Luft mein Lieber! Industrie ärgert uns nich mehr. Und die Mulde, da angeln wir bald wieder Aal und Lachs. Wir ham ja auch Zeit dazu. Und wer bist du jetzt?"

„Ich bin Moritz Löwe. Mein Großvater stammt von hier. Ich wollte mir seine alte Heimat schon lange einmal anschauen. Er hat mir auch gesagt, wo ich ein paar Leute treffen kann, die ihn vielleicht noch kennen." Zwei von den älteren Herren erkundigen sich, wie es denn seinem Opa geht.

„Ja, mit dem sind wir in die Schule gegangen. Vorigen Sommer war er noch hier beim Klassentreffen"

Löwe war am späten Nachmittag in der Nähe dieses Anwesens herumspaziert. Am nördlichen Rand des Städtchens sah er sich zunächst von einer Anhöhe aus das hübsche Tal mit der eingebetteten alten Siedlung an. „Wo mal die Furt war, sieht man noch deutlich.", dachte er. Dass er gerade zu dieser schönen Jahreszeit hier war, verdankte er einem schwierigen Auftrag.

In den Gärten blühten Obstbäume, die unvergleichliche Frische des Frühlings umgab ihn. „Wie viel Töne von Grün mögen das sein?", sinnierte er. Nach Süden, dem Erzgebirge zu, ziehen sich bis zum Horizont Wälder hin, aus deren sanft geschwungenen Kammlinien der Turm einer Burg ragt. Sein Blick ging wieder zurück auf die Stadt, deren Mitte von einem schönen barocken Kirchturm markiert wird. Löwe dachte: „Tolles Bild, Prachtwetter, jetzt ein Bier. Und so nebenbei erfahre ich vielleicht doch noch etwas mehr." Und so steuerte er dieses Biergärtchen an.

Bereitwillig hatten ihm die Männer Platz gemacht. Einer wies ihn darauf hin, dass er sich sein Bier in der Halle holen müsse. Er nickte allen freundlich zu. Sie ließen sich nicht weiter stören und fuhren im Gespräch fort. Löwe hörte amüsiert zu. Sie flachsten und foppten sich mit alten Geschichten aus ihrer Sturm-und-Drang-Periode. Dann verglichen sie Baumarktpreise. Einer hatte den neuen Pastor bei OBI getroffen und sofort wurde positiv vermerkt, dass der gerne in die Kneipen geht. Der jüngere Mann, dieser Flämig, hatte bisher nur zugehört, was Löwe genau registrierte. Flämig, plötzlich wacher, fragte, was nun mit dem verfallenden Haus von Karl Illert würde. Ob die Erben denn nach so vielen Jahren gefunden seien. Das löste Hallo aus. Löwe dachte, es müsse sich wohl um ein Original handeln. Da lag er nicht falsch. Das Haus spielte jetzt aber gar keine Rolle. Der Wortführer sagte:

„Das kann ich euch sagen, was Illerts Karl gemacht hat, hielt. Es war nicht immer schön, aber es hielt. Ein guter Klempner war der."

„ Ja, und Bier hat der nie verschweppert."

Ein anderer: „Wenn Karl mit 'n Stück Rohr unterm Arm die Straße lang ging und traf 'n Kumpel, der gerade Zeit hatte, da musste der Kunde bis morgen warten. Denn Karl hatte plötzlich im *Muldenschlösschen* oder in der *Börse* oder weiß der Kuckuck wo, eine wichtige Besprechung."

Alle lachten, dann ließen sie die Flaschen gluckern. Einer rückte seinen Kopf nach der Mitte zu und erzählte: „Ich saß mal mit Karl in der *Petersilienschänke*. Da hat der mir erzählt, dass'n Ami, der'n ganz gemeiner Hund gewesen wäre, fünfundvierzig im Mai zu ihm gekomm is. Der hat ne Zeichnung mitgebracht und nach der hatte Karl einen Behälter aus Zinkblech machen müssen. Der hätte ungefähr wie ein vergrößertes Brillenetui ausgesehen. Über fuffzig Zentimeter lang. Der Ami hätte das Ding geholt, in der Nacht wär' er damit wiedergekomm und Karl hätte's verlöten müssen. Es wäre schwer gewesen. Der Kerl, also der Offizier, hätte gesagt, es wäre 'n militärisches Geheimnis.

Ja, das war, - warte mal, - also kurz, eh der Karl gestorben is, Mitte der Siebziger, wo er mir das erzählt hat."

„Und der wusste nich, was drinne war?"

„Nee, aber die ham doch damals allerhand geklaut. Vielleicht war's von der Rochsburg. Da warn se ja sogar in der Gruft und ham die Särge auf gemacht. Danach sind se noch mal drinne gewesen un ham alles wieder in Ordnung gebracht, angeblich."

„Heh, verdammich", rief ein anderer, „ wenn das mal nicht mit dem komischen Unfall vom vorigen Herbst zu tun hat, wo se im Tränkgrund das total zerlegte Auto, aber keene Spur von en Menschen gefunden ham. Da wurde ja ooch in die Gruft eingebrochen."

„Quatschkopp, du phantasierst ja. Wie soll denn das zusammenpassen, über sechzig Jahre danach."

An dieser Stelle war der Flämig unvermittelt, eigenartig bedrückt, gegangen.

Jetzt, da er den Name des Mannes kennt und weiß dass der einen Jungen hat, bedankt sich Löwe für die freundliche Aufnahme, bezahlt den Männern noch eine Runde und verabschiedet sich. „Und schönen Gruß an deinen Großvater!" Ruft ihm einer nach.

Er begibt sich in sein Quartier und startet die Personennachfrage.

Dann geht Kriminalkommissar Löwe zu der Familie Flämig in die alte Arbeitersiedlung an der Parkstraße; es ist schon gegen Acht.

Er bleibt nicht lange. Als er aus dem Haus geht, hinterlässt er darin die blanke Angst.

Weder Löwe noch die Leute in ihrem alten Reihenhäuschen konnten wissen, dass der Grund für ihr unerfreuliches Zusammentreffen ein Jahr zuvor an einem, in jeder Hinsicht entgegengesetzten Ort gelegt worden war, im Büro eines amerikanischen Senators.

Löwe und Kafka

Der Fall begann für Moritz Löwe, als er bei Hans Kracht, Direktor des Landeskriminalamtes Sachsen in Dresden zu erscheinen hatte. Der junge Polizist erwarb sich erst kürzlich große Verdienste. Er war 2004/2005 maßgeblich an der Aufklärung eines Kunstraubes beteiligt, der die internationale Presse seit Jahren immer wieder beschäftigt hat.

Staatsanwalt Dr. Pflüger ist bei der Besprechung anwesend. Löwes hoher Vorgesetzter gratuliert ihm noch einmal, wozu Pflüger beifällig nickt. Kracht pflegt ein Art väterliche Attitüde. Heute verkündet er: „Was ich Ihnen jetzt zu sagen habe, klingt irre, aber da die Sache von übernationalem Interesse ist, müssen wir uns hineinknien. Das Bundeskriminalamt hat uns ausgewählt, weil wir eben erst diesen Fang gemacht haben und man denkt wohl, dass wir eine Glückssträhne haben oder auf einer Welle des Erfolgs schwimmen. Nun, im Ernst: Die österreichische Bundesregierung hat ein Amtshilfeersuchen an den Bundesinnenminister gerichtet. Worum geht es?
Im Kunsthistorischen Museum in Wien wird eine sogenannte heilige Lanze gezeigt. - Ich sehe, das sagt Ihnen etwas. - Seit Jahren untersucht man das Ding, um herauszufinden, wie alt es ist. Nun hat man entdeckt, dass es sich offenbar um eine Fälschung handelt. Das Eisen deutet auf das achte Jahrhundert hin, der Silberdraht daran aber ist als sächsisches Silber identifiziert worden. Und das gab es

erst viel später. Angeblich, so heißt es hier in dem Bericht ist es ein sogenanntes *Blicksilber* mit einem Reinheitsgrad von ca. neunzig Prozent und mit Beimengungen, die für den Raum Freiberg charakteristisch sind. Das Gold soll auch viel jünger sein, das besagt eine winzige Punze auf der Rückseite einer Manschette. Bisher hat man diese Punze aber keinem Meister zuordnen können.

Frage: Wer hat die Fälschung wo und wann hergestellt? Waren es etwa die Nazis, gar die SS?"

Löwe platzt nun dazwischen: „Das ist eigentlich eine Aufgabe für Metallurgen und Historiker."

„Geduld, junger Freund! Es besteht kein Interesse, solche Art Leute einzuschalten, weil der Fall eine größere Dimension hat. Hier ist offenbar etwas herangereift, dem Zusammenhänge innewohnen, die wir nicht kennen. Fasst zeitgleich erfahren wir nämlich aus Kreisen, die ich Ihnen nicht bezeichnen darf, dass die echte Lanze in Nürnberg 1945 abhanden gekommen ist. Wer war damals dort am Drücker? – Richtig, die Amerikaner. Sie können sie aber nicht mitgenommen haben, denn sie wollen neuerdings illegal danach suchen. Soviel man weiß, sind sie noch nicht da. Und übrigens, die Österreicher scheinen nichts von den Amis zu wissen, also, doppelte Vorsicht!

Daher nun die zweite, die wichtigere Frage:

Wo ist die echte Lanze? Kann man aus der Aufklärung der ersten Frage eventuell auf den Verbleib des Originals schließen?

Wir werden mit den Amis ‚Hase und Igel‘ spielen. Sie, Löwe, machen den Igel"

„Mit dem größten Vergnügen. Dürfte ich mir den anderen aussuchen, in der Fabel sind es ja bekanntlich zwei?"

„Wenn Sie einen Vorschlag haben."

„Ja, ich hatte einen Kommilitonen. Der ist mit der gleichen Kunstmacke behaftet wie ich. Er ist beim BKA. Wenn sie den freibekommen, schätze ich unsere Chancen fünfzig Prozent höher. Er heißt Karl Faßbender, stammt aus Kassel. Darum nannten wir ihn Kafka. Ich gebe Ihnen die Daten, die Sie brauchen."

„Gut, wir werden sehen, was sich tun lässt.", sagt der Direktor. „Verraten Sie mal, Löwe, wie kam es denn zu Ihrer Kunstmacke, wenn ich Ihren Ausdruck benutzen darf?"

„Mein Großvater ist daran schuld. Manchmal nervte der, aber ‚steter Tropfen höhlt den Stein‘. Die Besuche von Ausstellungen und Museen, die Bücher, die er mir gab, das alles ließ das Interesse wachsen. Und dann dachte ich mir, ohne Polizeistrukturen zu kennen, vielleicht kann ich meinen Beruf mit dem Hobby verquicken, Rationales mit Schönem. Ja, und dann bin ich, wie sie wissen, gefördert worden und erhielt die Fachbeschulung in Sachen Kunstgeschichte, Methoden zur Bestimmung von Kulturgütern, Fälschermethoden und so weiter."

Kracht wendet sich launig an den Staatsanwalt und fragt: „Herr Dr. Pflüger, was kann man gegen solche furchtbaren Wörter wie ‚Fachbeschulung‘ tun? Und übrigens, ist es nicht schrecklich, dass wir ‚verbeamtet‘ sind? Klingt das nicht wie ‚falsch besetzt‘? Der Staatsanwalt lächelt säuerlich und sagt nichts; vielleicht hat er über Beamtendeutsch noch nicht nachgedacht.

Kracht blickt wieder Löwe an: „Schön, danken Sie ihrem Opa. Sie sind ein seltenes Exemplar in der Polizei. Wir erwarten viel von Ihnen. Nehmen Sie jetzt die Mappe und vertiefen sie sich in den Kram. Ich werde persönlich zu

Ihnen Kontakt halten. Keine Eigenmächtigkeiten, wir wollen von jedem Schritt vorher wissen!"

„Geht klar."

Schindinger

Freund Kafka kam tatsächlich nach Dresden. Löwe und er freuten sich. Bei der Begrüßung lachten sie laut, boxten und schupsten sich, wie damals als Studenten. Nun sitzen sie auf dem schönsten *Balkon Europas*, so bezeichnet von Goethe, also auf der Brühlschen Terrasse und trinken *Radeberger Pilsner*. Löwe dreht den Kopf nach einer hübschen Passantin.

„Hallo, Teilnehmer! Lass deine Sucher von dem süßen Arsch, wir wollen arbeiten.", sagt Faßbender und fragt: „Wo setzen wir an?"

„Wir müssen nach Wien!" antwortet Löwe.

Faßbender: „Was wollen wir dort?"

„Als 2001 die große Ausstellung über Otto den Großen in Magdeburg war, da fehlte die Heilige Lanze. Eine große Zahl unersetzbarer Exponate aus aller Welt war zu sehen. Warum nicht die Lanze?"

Kafka spekuliert: „Die Wiener wussten schon damals, dass sie nicht echt ist. Sie hatten Angst, die Piefkes könnten daran herumforschen. Vielleicht ließen sie die Versicherungsprämie so hoch ansetzen, dass die Ausstellungsmacher verzichteten und nur ein schönes Foto zeigten."

„Könnte richtig sein, und darum müssen wir herausfinden, was sie damals wussten und seitdem gesammelt haben."

Kafka wendet ein: „Wenn uns das aber die ‚k.u.k.' Kollegen nicht sagen wollen?"

„Wir werden nicht nur die Kollegen, sondern auch einen Experten fragen. Den Schindinger, Professor für Geschichte und spezialisiert auf das Haus Habsburg. Der ist so auf sein Gebiet fixiert, dass du sofort sein Freund bist, wenn du dein Interesse nur richtig vorbringst. Ich kenne ihn von einem Vortrag her. Danach hatte ich Gelegenheit mit ihm zu sprechen."

„Gut, mach das. Ich werde in Frankfurt das Umfeld des Herrn Generalkonsuls der Vereinigten Staaten abtasten. Da kenne ich Leute.", sagt Kafka.

Moritz Löwe hat Mühe, dem Wiener Gelehrten einen Termin abzuringen. Schließlich gelingt es, indem er einen Köder auslegt und andeutungsweise von der Aufklärung des bekannten Kunstraubes spricht.

Am Telefon hatte er zweimal mit der Assistentin zu tun. Deren Stimme und Sprachmelodie verursachten ihm sehr angenehme Gefühle. Vor seinem geistigen Auge saß da eine Brünette mit samtenen Augen. Er freute sich auf Wien.

Als Ordentlicher Universitäts-Professor belegt Dr. Dr. Leopold Schindinger im Institut für Österreichische Geschichtsforschung der Universität Wien am Dr.-Karl-Lueger-Ring zwei stattliche Räume, die bis an die Decken mit Büchern vollgestellt sind. Löwe bemerkt sofort, dass er nicht im Gehäuse eines Gelehrten alter Prägung steht, sondern in einem rational und mit peinlicher Ordnung organisierten Zentrum vernetzten Wissens. Kein altes Klischee vom Chaos des Genies wird hier bedient. Ein Server hinter Glas arbeitet geräuschlos. Der große massige und kahlköpfige Professor im grauen Seidenanzug und mit dem unvermeidlichen Mascherl, wie die Fliege hier heißt, erhebt sich ächzend von seinem Sessel vor dem PC und begrüßt den Gast liebenswürdig. Seine Stimme klingt ölig, als er langsam spricht: „Ja ich erinner mich. Das woar in Dresden, wo wir uns nach dem Vortrag gesprochen ham. Wissens, man freut sich, wenn ein Hörer, noch dazu ein jüngerer, kommt und man merkt, der hat mich verstanden. Wenn er dann noch was wissen will, ist's noch besser. Falls man die Antwort weiß, natürlich, nichtwahr.

– Bitte Platz zu nehmen, Herr Kommissar Löwe."

Der bedankt sich für den Termin und kommt sofort zur Sache, weil er glaubt, dass er einen Bonus hat.

„Also, Herr Professor, wir arbeiten auf Wunsch Ihrer Regierung mit an der Aufklärung der Frage, wo die Replik der Heiligen Lanze herkommt, beziehungsweise wo sie wann hergestellt wurde. Vielleicht ergibt sich daraus ein Hinweis auf den Verbleib der echten Lanze."

„Ja interessaaant", der Professor dehnt das *a* unerträglich lang, „hat tatsächlich die österreichische Regierung um Ihre Amtshilfe gebeten?"

„Ja, hat sie."

„Ich wunder mich nur, weil doch Ihre hiesigen Kollegen schon längst bei mir warn. Ich hab da nix finden können. Wobei einem Mann wie mir es sehr am Herzen liegen muss, dass die Insignien der alten Kaisermacht alle ordnungsgemäß und unversehrt am Platz beieinander sein müssen. Ja wo könnt man da beginnen?" Er legt sein Doppelkinn in die Handfläche und runzelt die Stirn.

An dieser Stelle schon weiß der Kriminalist, dass der Alte mauert. Löwe versucht es doch:

„Da ist das Ergebnis der Analyse des silbernen Bindedrahtes. Wenn der aus Sachsen stammt, kam möglicherweise der Handwerker auch aus Sachsen. Aber wer war der Auftraggeber?"

„Richtige Frage, aber die Beantwortung scheint mir ganz und gar in das Reich der unlösbaren Rätsel zu gehörn. Ich will das aber trotz allem mit meinen Mitarbeitern besprechen. Meine Oberassistentin, Frau Dr. Martina Schneider, muss sich amal der G'schicht annehmen. Aber das kann dauern. Die betreut eine große Menge meiner Projekte. - Aber, lieber Herr Löwe, bittschön, jetzt erzähln'S mir a bisserl was von der sensationellen Aufklärung des Bilderdiebstahls!" Löwe tut ihm den Gefallen, ohne Genaueres von den polizeilichen Methoden preiszugeben. Er sagt nichts von der Unterwanderung der Hehlerszene, von ausgelegten Ködern und dem unwiderstehlichen Reiz, den Koffer voller Geld auf Verräter ausüben.

Anschließend sagt er: „Ach ja, mit Frau Doktor Schneider habe ich doch den heutigen Termin vereinbart. Ist sie da?"

„Ja, da ist sie schon, aber Vorlesung hat's halt."

Löwe denkt: „Irgend etwas stört den Pabst aller Habsburgerexperten". - „Herr Professor, ich möchte Ihre Zeit heute nicht länger in Anspruch nehmen. Darf ich morgen noch einmal kommen, nachdem Sie mit Frau Doktor Schneider gesprochen haben?"

„Wann'S schon von so weit her kommen, muss die Zeit sein, uunbedingt. Kommen's um fünf am Nachmittag, bittschön." Er sagte „uunbedingt" und streicht sich nachdenklich über die rosige Glatze.

Der Besuch Löwes bei dem Wiener Kriminalisten Major Murrbrucker ergab außer der gegenseitigen Versicherung auf gute Zusammenarbeit nicht viel Neues. Löwe verschwieg seinen Kontakt zu Schindinger.

Martina

Löwe hat sich mit dankbarer Miene von dem Professor Schindinger verabschiedet. Nun begibt er sich in das große Vestibül der Uni. Dort erkundigt er sich nach dem Saal, in dem die Vorlesung der Schneider läuft. Er betritt ihn und lauscht dieser warmen Stimme: „Triest und Fiume bekamen moderne Häfen. Mit der Ostendischen Handelskompanie machte das Habsburgerreich Anstalten, mit Holland, England und Spanien auf den Weltmeeren zu konkurrieren. Die im belgischen Ostende geschaffene...“ Löwe hört zwar weiter, was die große schlanke Dame da unten erzählt, aber er versteht es nicht mehr, denn sein inneres Bild, das beim Telefonieren entstanden war, ist übertroffen, und was er jetzt sieht, nimmt ihn total gefangen. Da steht eine Frau, ein wunderschönes Weib, der Inbegriff eines Weibes. Kerzengerade steht sie, den Kopf manchmal im Nacken, wenn sie auf die Leinwand weist, oder wenn sie sich an die obersten Hörerreihen wendet, dann den Kopf nachdenkend senkt, so dass ihr herrliches dunkles Haar nach vorn schwingt. Ihre Bewegungen sind gemessen und elegant. „Prinz Eugen wurde von Karl genauso behandelt wie alle übrigen Hof- und Staatsbeamten auch: freundlich und herablassend...“
„Wie wirst du mich behandeln?“, geht es Löwe durch den Kopf.
Sie ist fertig, studentischer Applaus.
Er geht die Stufen hinab zum Katheder und windet sich durch die Hörer, von denen einige noch irgendeine Frage

an ihre Dozentin haben. Er wartet geduldig, steht seitlich hinter ihr. Jetzt stellt er sich vor sie hin. „Frau Doktor Schneider, mein Name ist Moritz Löwe."

„Oh", sie ist sichtlich irritiert, schaut kurz zur Seite, schluckt, „der Herr Löwe aus Dresden." Sie versichert sich, dass keiner mehr hören kann, was sie sagen will; dann ergänzt sie etwas gedämpft: „Der Herr Kriminalkommissar Löwe."

Auch Löwe ist einen Moment lang nicht Herr der Situation, so verwirrt ihn diese Frau. Ihm fällt auf, dass sie hochdeutsch spricht. Sie sagt, als sie ihm die Hand reicht, „Schneider" und nicht „Schnäeder", wie ihr Chef, der Professor.

Sie lädt ihn ein, mit ihr in der untersten Bankreihe Platz zu nehmen.

„Nun habe ich so lange gestanden, dass ich froh bin, mich ein bissel setzen zu dürfen."

Sie sitzen nebeneinander und wissen nicht weiter. Löwe denkt, dass er unmöglich sofort von seinem Treff mit dem Professor und von seiner Aufgabe reden kann. „Ich habe immer gedacht, dass mich einer veralbern will, wenn er von der *Seemacht Österreich* spricht. Aber nun habe ich es von Ihnen gehört. Da muss es wohl wahr sein." Sie lacht. Und wie sie das macht. Er sieht ihre wundervollen Zähne, diesen Mund, er entdeckt, dass sie strahlende graugrüne Augen hat. Er sieht, wie sie ihr volles Haar zurück über die Schulter streicht. Er sieht, wie gerade sie sitzt und wie das ihrer Figur zustatten kommt. Er sieht das knappe graue Kostüm, dessen kurze Jacke so raffiniert geschnitten ist, dass nichts präsentiert wird, aber Vollendetes verborgen zu sein scheint. Er sieht diesen seidigen

Teint, er riecht diesen Duft, den er nicht kennt, den er aber mit Wonne wahrnimmt. Das alles registriert er in zwei oder drei Sekunden.

Sie nimmt wahr, dass er ein großer sportlicher Typ mit braunen Augen und Haaren ist, dass sein Gesicht ebenmäßig und gebräunt ist. Sie denkt: „Seine Krawatte ist schön, aber er hätte sie weglassen können." Sie schaut auf seine Hände, schöne Hände, und auf seine Schuhe, schöne, teure Schuhe. So kreuzen sich zur selben Zeit die Blicke und Gedanken der beiden Menschen, entstehen ihre Bilder und Urteile.

Löwe setzt an: „Ich war vorhin bei Professor Schindinger. Er möchte mein Anliegen mit Ihnen besprechen. Bitte sagen Sie nicht gleich, dass wir uns schon getroffen haben. Der Chef in ihm könnte daran Anstoß nehmen."

„Sie haben recht, da ist er eigen. Aber ich bin schon so lange bei ihm; er weiß, dass ich mich immer loyal verhalte."

Sie erkundigt sich, ob er einen guten Flug hatte. Er zeigt sich begeistert von ihrer schönen Stadt.

Sie war schon mehrfach in Dresden und ist des Lobes voll über den Wiederaufbau der Frauenkirche und des Schlosses, ach, und der Zwinger...

„Sagen Sie, Frau Doktor Schneider, würden Sie mir die Freude antun, mir an meinem ersten Abend in Wien Gesellschaft zu leisten und ein bisschen was mit mir zu essen?"

Er macht diesen Vorstoß und sofort bereut er ihn, weil er doch gar nicht weiß, ob sie so frei über ihre Zeit verfügen

88

kann, ob da nicht jemand wartet. Aber er sagt nichts. Und wie kam er gerade auf dieses verkorkste „Freude antun"? Sie schaut auf die Uhr und sagt, sie hätte ab halb Acht Zeit. Er könne sie dann im „Einstein" am Rathausplatz treffen. Er hat noch nicht viele Körbe von den Frauen bekommen, ist also in dieser Richtung von sich überzeugt. Aber jetzt pocht sein Herz doch etwas schneller und stärker; so stolz ist er über diese Zusage. „Das freut mich aber, Frau Doktor Schneider!"

„Machen wir's einfacher: Lassen Sie den Titel weg, Herr Kriminalkommissar!"

„Gern, Frau Schneider."

„Adieu, Herr Löwe, bis bald." Er sieht ihr nach und weiß, da geht sie, die Frau, die er gesucht hat, schön, stark, einmalig. Er schätzt sie auf dreißig Jahre, genau so alt, wie er selbst ist.

Auf der Straße schaut er in seinem Stadtplan nach, wo sich der Rathausplatz befindet und stellt fest, dass er schon fast da ist. „Das muss ein feiner Laden sein, das *Einstein*, bei so einer Adresse", denkt er.

Nun sucht er die Zeit bis zum Treffen tot zu schlagen. Das ist in dieser schönen Stadt nicht schwer. Er ist ein Augentier, ein Kenner der Architektur, freut sich der alten Pracht an der Ringstraße, des Grabens, um den Stefansdom, macht den Flaneur. Das Wetter ist gut, der September warm.

Nachdem er das Lokal betreten hat, zu dem von ihr bestellten Tisch geleitet wird und die Karte studiert hat, wird ihm klar: „Sie ist kein Yuppie, denn das hier ist ein gutes und dabei preiswertes Haus." – Und da ist sie schon! Unbefangen, kommt sie freundlich lächelnd auf ihn zu. Er denkt nicht etwa an Wiener Schmäh, als er sich über ihre Hand beugt. Er muss ihr einfach mit dieser Geste seine Verehrung zeigen, und es passt so gut hierher.

Es wird ein schöner, interessanter Abend. So einen Tafelspitz hat er noch nie gehabt, so eine „Mehlspeis" auch noch nicht. Natürlich trinkt man auch inländischen Wein, Blaufränkisch aus dem Weinviertel. Sie reden von sich, von seinen Wurzeln in der DDR und entdecken viele Gemeinsamkeiten in ihren Ansichten und Erfahrungen.

Ein guter Beobachter wüsste, was mit den beiden schönen Menschen geschehen wird.

Er bringt sie nach Hause, in den XIX. Bezirk, nach Döbling, mit der Straßenbahn, Linie 38. Sie bedankt sich für die Begleitung, reicht ihm die Hand, die er festhält. Ihre Augen treffen sich.

Sie schüttelt den Kopf, leicht.

Er sagt nichts, schaut sie nur an.

Sie dreht sich um und schließt die Tür auf, geht einen Schritt in den Flur, hält die Tür fest, die er jetzt fasst und hinter sich schließt. –

Als es draußen hell wird, sagt sie: „Du kannst mir ruhig Genaueres über deine Mission erzählen. Ich glaube nämlich nicht, dass du nur mit zu mir gekommen bist, um mich anzuzapfen."

Er denkt: „Sie weiß, dass sie gewonnen hat."

Sie flüstert ganz dicht an seinem Ohr: „Und... ich... ich muss dir sagen,... ich konnte nicht anders."

„Martina, ich auch nicht. Deine Stimme hat mich schon am Telefon von einer wunderschönen Frau träumen lassen. Nun sah ich dich, - es hat mich erwischt. Ich bin so froh, aber ich habe Angst. Was soll jetzt mit uns werden?" Diese umhüllte Liebeserklärung lässt die gelehrte Frau zum übermütigen jungen Mädchen werden. Das Glück ihres ersten gemeinsamen Morgens können sie kaum fassen.

Martina hatte ihre erste Liebe schon als Studentin. Aber ihre Lust an der Wissenschaft, ihr Ehrgeiz, ihr Forscherdrang war stärker als die Bindung. Der Mann wollte keine ständig arbeitende Wissenschaftlerin zur Frau. Auch andere Bekanntschaften führten nie zu einer Gemeinschaft. Begehrt wird sie von vielen Männern, aber sie ist nicht für Spielchen zu haben.

Moritz Löwe ist ein Junggeselle, dem Neigung und Beruf bisher keinen Gedanken an Familie oder so etwas Ähnliches zugelassen haben. Jetzt fühlt er Stolz über diese einmalige Eroberung, ist glücklich. Und weil er ein anständiger Kerl ist, sucht er nach Worten, nach Erklärungen, nach Klarheit. – Das kann nicht gut gehen, beide an ihren Beruf, an ihren Aufgabenkreis gebunden. So weit weg von einander, jeder in einem anderen Land. Wie soll da eine Beziehung funktionieren? Das erste Mal ist er nach einer Nacht mit einer Frau in der Klemme.

Er liegt mit geschlossenen Augen und kann nichts denken als „Martina, Martina,... Martina".

Nun kennt sie seinen Auftrag und seinen Ermittlungsansatz. Sie denkt einen Moment, sie müsse verrückt sein, ihm zu erzählen, was sie weiß, aber sie will den Erfolg für diesen Mann, will ihm unbedingt helfen. Denn sie liebt ihn.

Man weiß: Die Pläne anderer wurden schon oft auf einem Kopfkissen durchkreuzt.

„Schindinger ist selbst an der Sache dran.", sagt sie. „Er hat auch schon etwas in der Hand. Du bekommst es. Aber er darf nie erfahren, wie du auf die richtige Spur gekommen bist."

„Er wird es bestimmt nicht." Der Jäger in Löwe ist wach.

Martina bremst ihn und sagt, dass sie nicht glaubt, die Aufklärung über die Nachbildung könne Spuren zum Original liefern, weil die heimliche Arbeit vor gut 240 Jahren ausgeführt wurde. Und sie fragt: „Wusstest du, dass schon Otto III. zwei Kopien der Lanze anfertigen ließ? Der Kaiser schenkte sie den polnischen Fürsten und den Ungarn. Im Dom des Krakauer Wawel wird die eine davon heute noch zu besonderen Anlässen verehrt." Er ist überrascht.

Sie muss zur Uni.

In seinem Hotel kombiniert Löwe sein Handy mit dem Laptop. Die E-Mail kommt.

Löwe liest gierig:

Auszug aus „Denk- und Merkbüchl" der Kaiserin Maria Theresia, Eintrag vom 1. September 1763: „Den Haugwitz gefragt wer könnt ein Abbild von der heiligen Speerspitzn machen. Ihm gesagt niemand von da."

Auszug aus Brief des Grafen Friedrich Wilhelm von Haugwitz an Fürst Alexander Ferdinand von Thurn und Taxis, Reichspostverweser, vom 3. September 1763:

...Ew. Durchlaucht erinnern sich gewis unserer gestern gehabten Besprechung die wir nicht zu end führen durften weil Ew. Durchlaucht durch höhere Ansprach beansprucht worden. Nun das was mein Anliegen an Ew. Durchlaucht sey. Ihre Majestät hat aus Ehrfurcht vor der hlg. Reliquie Bedenknis sie nach Frankfurt transportiren zu lassen. Zum zeigen vor dem Volk und so weit über Land sagt I.M. könnt man wohl gar ein guhtes Abbild schicken. Es geht doch nicht in den Krieg sagt SIE. Die Krönung wär Spektakulum genug. Mein Vetter Heriman Wenzeslaus von Schelenowski Rittergutsbesitzer in Sachsen welcher gerade hier weilt wüsst einen ordentlichen Mann der schmieden und künstliche Sachen manchen könnt. Ich mus eilig nach Krain dahero erlauben Ew. Durchlaucht die Frag ob man über die Kaiserliche Posthalterei in Freyberg oder Dresden könnt den Schmieden schnell herschaffen wenn sich Ew. Durchlaucht möchten allergnädigst dafür verwenden.

Morgen reist mein Vetter zurück hat Verrichtungen in genannter Stadt und wird dem Posthalter Namen und Adress des Burschen geben. Der Burgemeister von Freiberg ist auch Pächter meines Vetters da hats keine Not mit dem Geheimnis. Ich lass auch befehlen was er solt mitbringen...

Er kann es nicht erwarten, mit ihr über diese Texte zu reden.

In der Schatzkammer des Kunsthistorischen Museums steht er lange vor der Lanze. Die Aufsicht hat ihn im Visier. Er kauft sich ein Heft mit dem Bild und der Beschreibung der angeblich biblischen Waffe. Die Wissenschaft nimmt an, dass sie im achten Jahrhundert hergestellt wurde, wohlgemerkt, die Einzige, für die das hiesige Exponat immer noch ausgegeben wird.

Am Abend geht er, wie verabredet zu Prof. Schindinger. Der ist allein im Zimmer.

„Hörn's, Herr Löwe. Wir, das heißt, die Frau Doktor Schneider und noch ein junger Assistent werden die Findmittel sichten, von denen wir annehmen können, dass sie uns in die richtige Zeit, zu den richtigen Personen führen, um etwas über die Entstehung der Replik zu erfahren. Aber da ist alles offen, wir können auch leicht ins Leere stoßen. Und dann ham's bittschön Verständnis, dass wir eventuelle Ergebnisse auch den hiesigen Behörden mitteilen müssen."

„Selbstverständlich, Herr Professor, schließlich arbeiten wir ja zusammen."

Er wundert sich, dass der alte Fuchs nicht nach den Namen der zuständigen österreichischen Beamten fragt. Er denkt: „Sicher will er mir die Peinlichkeit ersparen, zugeben zu müssen, dass ich keine ernsthafte Verbindung zu denen habe und die gar nichts von meinem Besuch hier wissen, wie er kein Interesse hat, dass sie es wissen sollten."

„Ich bin ihnen schon für ihre Bereitwilligkeit dankbar."

Nun wundert sich der Professor über den schnellen Abschied des Polizisten, dieses „daitschen Ruhestörers", wie er bei sich grandelt.

Sie kocht heute Abend für ihn. Es gibt Kalbsmedaillons mit geschmortem Wirsing und Pilzen. Sie verrät ihm, dass die Medaillons mit Honig glasiert und kurz zusammen mit Salbeiblättern gebraten sind. Und auf sein Staunen über den exzellenten, ausgeprägten Geschmack der Pilze erklärt sie, dass es Shiitake-Pilze sind. Er denkt: „Es ist ein abgedroschener Spruch, *Liebe geht durch den Magen,* aber der muss wahr sein."
Zum Essen kredenzt sie einen Zweigelt vom Neusiedler See.
Für das Dessert kündigt sie an, dass er mitarbeiten müsse. Sie hat einen Teig vorbereitet, den sie jetzt auf einem bemehlten Tuch ausrollt. Er muss Birnen schälen, würfeln und mit Zitronensaft beträufeln, damit sie nicht braun werden. „Deine Würfel sollten etwas kleiner sein!", ermahnt sie ihn.
Sie vermengt in Rum eingeweichte Rosinen mit gehackten Haselnüssen, Mandeln und Creme fraiche. Nun wippt sie mit gespielter Ungeduld auf dem Fuß, seine Birnenwürfel erwartend. Die mengt sie auch noch unter die Füllung und stellt die Schüssel beiseite. Dann bepinselt sie ein Backblech mit Butter. Nun staunt er, wie sie den Teig vom Tuch löst, über den Handrücken ganz dünn auszieht und wieder faltenlos auf das Tuch schweben lässt. Er ist sprachlos. Das sind Fertigkeiten, die er nie erwartet hätte. Dabei genießt er ihr heiter konzentriertes Mienenspiel,

diese Freude am Gelingen. – Mit allen Fasern begehrt er diese Frau.

Jetzt verteilt sie die Füllung auf dem Teig und rollt mit Hilfe des Tuches das Ganze zum Strudel, den sie wiederum gewandt und schnell vom Tuch auf das Blech transportiert. Mit zerlassener Butter bestreicht sie ihn. „Für 20 bis 25 Minuten muss der jetzt bei 225 Grad gebacken werden, mein lieber Moritz. Nun machen wir die Sabayone. Da hab ich einen Auslesewein, komm, koste einmal.“ Er macht „hmm“ und „ooch“. Sie lacht ihn an. „Hier sind vier Eigelbe, Zucker, Zitronenschale und der Wein. Das müssen wir über dem heißen Wasserbad kräftig schlagen. Kannst du das?“ „Aber natürlich!“ „Vorsicht, nicht zu viel Wein auf einmal!“ Mit lockerem Handgelenk bewegt er den Schneebesen, bis sie ihm sagt, dass die Masse nun schaumig und luftig genug ist. Zum leicht abgekühlten Birnenstrudel serviert sie die Sabayone auf prächtigen flachen Tellern und bestäubt das Ganze noch mit Staubzucker. Er ist hingerissen.

Die Gier des Mannes macht seinen Mund trocken. Aber da ist ja zum Glück der herrliche Eiswein, den es aus kleinen Gläsern zu diesem Dessert gibt.

Löwe weiß, dass er von dieser Frau nicht wieder loskommt. Eine angehende Professorin, dazu eine Schönheit mit den Talenten einer Meisterköchin, wo gibt's denn das noch einmal? Bei Tisch turteln die beiden reifen Menschen, als wären sie Teenager. Es steht ihnen gut.

Ihre Wohnung ist klein, aber gediegen. Martina redet dankbar von ihren Eltern, die ihr einen gewissen Luxus ermöglichen. Der Vater ist Österreicher, die Mutter Deutsche. Aufgewachsen ist Martina in verschiedenen europäischen Großstädten, in denen der Vater im diplomatischen Dienst tätig war, unter anderem auch in Ost-Berlin. Dort sei sie als Teenager Dauergast in der Staatsoper und in der Komischen Oper gewesen. Er sagt: „Walter Felsenstein, Erfindung des Musiktheaters, der Sängerdarsteller und der Chorsolisten, Entstaubung von Operntexten." „Hej... Moritz, du bist ja im Bilde.", sagt sie anerkennend. „Wir müssen in die Oper zusammen!"

Und endlich, gegen Mitternacht, spricht sie mit ihm in seinem Arm über die gemailten Texte.

„Ich stelle mir die Geschehnisse so vor: Die Kaiserin Maria Theresia war eine fromme Katholikin. Sie hatte ständig ihren Beichtvater und den Hauskaplan um sich. Ihr geliebtes ‚Mäusl‘, der Kaiser Franz Stefan war gestorben. Du weißt, der Lothringer, der aus Liebe zu ihr auf sein Land verzichtet hat. Der Finanzmann hat übrigens ein stattliches Vermögen hinterlassen. Nun also soll im April 1764 der Älteste Maria Theresias als Josef II. in Frankfurt zum römisch-deutschen Kaiser gekrönt werden. Den Josef hält sie für einen Leichtfuß. Tatsächlich geistert der als Graf Falkenstein in den europäischen Hauptstädten und an den Höfen umher.

Sie bereitet die Krönung mit allem Pomp vor. Es floss ja sogar roter und weißer Wein aus einem vor dem Frankfurter Römer neu errichteten Brunnen, wie wir von Goethe wissen, der als Kind die Krönung mit angesehen hat. Es galt für Maria Theresia ihrem preußischen Erzfeind Friedrich II. zu zeigen, wie ein deutscher Kaiser aufzutreten hat.

Wie, mit welchen Formalien und auf welchem Wege die Reichsinsignien von Nürnberg nach Wien gekommen sind, um sie für die Kaiserkrönung in Frankfurt zu benutzen, wie sie wieder zurück transportiert wurden, denn das sind sie bestimmt, wissen wir nicht.

Die Kaiserin verehrt natürlich die Reliquien und hat Scheu, die Heilige Lanze für das Gepränge herzugeben. Krone, Schwert und Reichsapfel sind zwar auch heilig, aber nicht so, wie die Lanze. Die hat schließlich, so muss sie glauben, direkt den Leib des Herrn berührt. Daher fragt sie den Grafen Haugwitz, ihr Verwaltungsgenie, wie man ein „Abbild" der Reliquie machen könnte und das aber streng geheim. Darum notiert sie: „Niemand von da". Das heißt, der Handwerker soll von weit her geholt werden. – Übrigens, dieses wunderliche ‚Denk- und Merkbüchl' ist erst kürzlich in einem fasst vergessenen kleinen Archiv eines ehemals mächtigen Adelshauses entdeckt worden, von einem unserer Magister! Daher ist es noch nicht veröffentlicht. Und wenn es nach Schindinger geht, wird's damit noch dauern.

Der Graf Haugwitz war Sachse. Muss ein Unikum gewesen sein, denn es heißt, kein Maler hätte ihn porträtieren können, weil er ständig in Bewegung war und unablässig mit allen Muskeln des Gesichtes zuckte. Er hat es für die Majestät erst möglich gemacht, dass sie ihr Reich wirklich beherrschte und streng regieren konnte. Durch seine Reformen hat er für ständig fließende Staatseinnahmen gesorgt und sich den gesamten Besitzadel zu Feinden gemacht. Der schrieb nun an den Fürsten Thurn und Taxis und bat, mit Hilfe von dessen Post-Imperium den empfohlenen Mann aus Sachsen schnell herbei zu schaffen.

Über diesen Rittergutsbesitzer Schelenowski wissen wir leider nichts, weil die Familie 1946 ganz sicher wie andere

Großgrundbesitzer im Osten auch enteignet und vertrieben worden ist. Dort fängt wahrscheinlich dein geheimer Part an."

„Ich muss sofort nach Freiberg!"

„Moritz! Eben hast du den unsterblich Verliebten gegeben und jetzt willst du schon fort. Wie grausam du bist.", deklamiert sie eindrucksvoll, wie eine Tragödin. Er nimmt sie lachend in die Arme.

„Ich finde für uns einen Weg. Wir werden uns nicht verlieren!"

„Gewiss, wenn wir das beide wollen. Jetzt tu deine Arbeit, ich wünsch dir Glück. Wenn ich etwas herausbekomme, wirst du es sofort erfahren. Wir tun nichts Böses, wenn wir den Schindinger abhängen. Es geht um etwas Bedeutendes, nicht um persönlichen Ehrgeiz eines Autors, der das Meiste für sich von anderen schreiben lässt." Sie versucht sich vor sich selbst zu rechtfertigen, weil sie aus Liebe diesen Verrat begeht.

Von den verdächtigen, für ihn noch unbestätigten Bemühungen der Amerikaner, hatte Löwe seiner neuen Geliebten nichts erzählt.

In Dresden spricht er nun mit seinem Freund und Kollegen Faßbender. Dass er sich verliebt hat, lässt er natürlich weg. Aber für Kafka ist es nicht ganz nachvollziehbar, wie Löwe an die historischen Notizen gekommen ist. Wie auch immer, er, Faßbender, berichtet erst einmal, was er in Frankfurt erfahren hat:
Sein Gewährsmann wusste, dass einer der republikanischen Bewerber um das Amt des Präsidenten   einem

Klüngel verfallen ist, der die Privatsache des Glaubens zur Staatsmaxime machen will. Zum Ärger der Protestanten sind es katholische Geistliche, die den Ton angeben. Ein offenbar vernünftig denkender Mann, vielleicht ein Konkurrent, will dem Zauber nicht tatenlos zusehen. Hier und da werden schon Pamphlete gestreut und langsam beginnt die Presse, auf das Treiben religiöser Schwärmer zu reagieren. Der Washingtoner Informant hat seinem Vertrauten in Frankfurt gesteckt, dass amerikanische Geheimdienstleute in Deutschland demnächst nach einem antiken, heiligen Gegenstand suchen werden. Das Ding soll magische Kräfte haben und der christliche Fundamentalist braucht diese Kräfte für seinen Kampf gegen den Teufel. Leider weiß niemand, wo sie anfangen zu suchen.

„Eins ist sicher", konstatiert Kafka, „das Ding an sich existiert."

Löwe sagt: „Soweit das philosophische Zitat, aber nun haben wir eine Menge Fragen auf dem Tisch: Sind sie schon da, oder kommen sie erst? Kommen sie als Touristen oder als Diplomaten? Kommen sie direkt aus den Staaten oder über ein anderes Land? Kommen sie vielleicht sogar mit einer Militärmaschine? Das heißt, es wäre ein unwahrscheinlich großer Zufall, sie zu entdecken. Für eine Einreisefahndung bekommen wir keine Genehmigung. Kracht machte dunkle Andeutungen über Kreise, die er nicht nennen darf. Wir müssen zu ihm. Er muss aus diesen Kreisen mehr rausklingeln. Wir haben ja schließlich etwas vorzuweisen." - Löwe greift in seine rechte Hosentasche, weil es dort vibriert. Sie simst: „Erwarte Rezeptvorschlag und Termin. I.L.M." Er drückt zurück: „Luft und L. sobald w.m. in Ungeduld M."

„Was machst du denn andauernd unter dem Tisch? - Ich hab's doch gewusst, du Gockel, da steht was am Ufer der Donau.", schlussfolgert Kafka, denn das gerötete Gesicht seines Kollegen deutet auf Verzückung, auf hitzige Wallungen hin. „Sag was!"

„Jetzt nicht", wehrt Löwe lächelnd ab.

Der Direktor des LKA, Kracht, hört sich die Ergebnisse der beiden Fahnder an und hält ihre knappen Berichte in der Hand.

„Was Sie, Herr Faßbender in Frankfurt herausbekommen haben, deckt sich im Prinzip mit den Informationen, die mir von anderer Seite zugegangen sind, und die ich Ihnen immer noch nicht nennen darf. Die Freundschaft der Staaten darf nicht gefährdet werden." Dabei sitzt er aufrecht hinter seinem mächtigen Schreibtisch, als müsste er eine Fernsehansprache an das Volk halten. Löwe beobachtet ihn genau, kann aber nicht herausfinden, ob es eine seiner Verarschungen ist. Kracht musste gerade feststellen, dass es seine Quelle war, aus deren Abfluss nun der forsche Faßbender genascht hat. Er fasst sich schnell: „Ja, gut, dann verfolgen Sie, Herr Löwe, Ihre Spur in Freiberg und die der ehemaligen Ritter mit dem polnischen Namen. Ich glaube nicht, dass wir aus diesen Ermittlungen Nutzen für die Hauptsache ziehen, nämlich dass wir dadurch das echte Ding schneller finden, aber die Österreicher wollen nun mal Klarheit über die Fälschung und mit ihnen die gesamte Welt der Historiker und Kunstbesessenen.

Wenn wir ausschließen können, dass kein modernes Verbrechen dahinter steckt, ist das auch schon etwas.

Frönen Sie also ihrem Hobby, Löwe, aber machen Sie schnell. Sie, Kommissar Faßbender sollten sich an diese Adresse wenden." Er reicht eine Visitenkarte über den Tisch und redet weiter: „Der Mann macht Geschäfte aller Art, auch mit Amerikanern und kennt alle Welt. Möglich, dass der uns weiterhelfen kann. Wir, das heißt die Gesetzeshüter im Allgemeinen, haben bei ihm etwas gut. Nur zu Ihrer persönlichen Information: Da war eine Headhuntergeschichte, bei der die deutsche Flugzeugindustrie einen ihrer besten Ingenieure beinahe an die große Konkurrenz verloren hätte. Dieser Bursche hier vermittelte und hätte daran verdient. Nichts Strafbares zunächst, aber zutiefst unpatriotisch. Er war unvorsichtig. Pullach hat die Sache mitbekommen und prophylaktisch gehandelt. Der Flugzeugbauer ist noch da. Musste wahrscheinlich mit viel Geld sicher gemacht werden. Und in Dresden flog eine noch nicht vollzogene Bestechungsgeschichte auf, bei der es um Grundstücke ging. Die zwei beschuldigten Beamten hielten zwar dicht, aber wir sind sicher, dass unser Berliner dahinter steckte. Ich wiederhole: Das nur zu Ihrer Information, Sie haben mich beide verstanden!" Zweifaches Kopfnicken.

Die Jugendstilvilla

Moritz Löwe blättert in vergilbten, mit schwarzen, wohl-
gestalteten Buchstaben gefüllten Seiten eines dicken Fo-
lianten über Herrschaften, Gerichte und Lehensgüter im
Kurfürstentum und Königreich Sachsen. Er sitzt im Lesesaal des Sächsischen Staatsarchivs in Leipzig, nachdem er im Dresdener Archiv nichts gefunden hat.
Nun endlich weiß er, dass eine Familie von Schelenowski
in der Gegend von Oschatz und Wurzen gesessen hat.
Dank der ausgezeichnet aufgearbeiteten Findmittel des
Staatsarchivs musste er keine Hilfe anfordern. Außerdem
liebt er es, in diesen alten Papieren zu lesen. Also, die
Schelenowskis waren *ritterbürtige Lehnsherren* mit eige-
ner Gerichtsbarkeit jedoch ohne *Halsgericht*. - Die Kir-
chenregister von Wurzen und Oschatz sind seine nächsten
Quellen. Er findet zwei Familien oder Zweige, deren einer
aber um 1860 endet, ausstirbt. Bei dem anderen Zweig
enden die Eintragungen von Vermählungen, Sterbedaten
und Geburten 1925. Löwe findet noch zwei alte Frauen
auf einem der zum ehemaligen Gut gehörenden Dörfer.
Sie wissen aus Erzählungen ihrer Eltern und Großeltern,
dass der Gutsherr in den Inflationsjahren pleite gegangen
ist und die Familie wohl nach Leipzig gezogen sein könnte.
In Leipzig findet der Kriminalist mit Hilfe des Stadtarchi-
vars die Urkunde über eine Namensänderung. Ein im
Jahre 1900 geborener August Friedrich von Schelenowski

ließ sich 1932 unter Ablegung des *von* samt Familie in *Schellenberg* umbenennen.

In München treibt Löwe nach bundesweiten polizeilichen Nachfragen Herrn Klaus Adolf Schellenberg auf. Löwe sagt ihm, dass er Informationen über Heriman Wenzeslaus von Schelenowski suche. Der adrette alte Mann scheint sich über den Besuch zu freuen, denn er lebt ganz allein. Er wirkt aufgeregt. Löwe erkennt sofort, dass dieser einsame Mensch einen Zuhörer braucht. Schellenberg meint, Löwe vielleicht helfen zu können.

„Aber", sagt Schellenberg, „ich muss Ihnen vorher erzählen, welch vielfältigen Umständen Sie das verdanken, damit Sie es auch würdigen können." Löwe lehnt sich im Sessel zurück und sagt: „Herr Schellenberg, ich bin ganz Ohr." Und nun erzählt der Mann seine Geschichte.

Sein Großvater hatte falsch investiert und spekuliert; verlor 1925 durch die Schulden das Rittergut. Kurz darauf starb er. Alles, was der Familie blieb, war die Stadtvilla in Leipzig. Man bewohnte den unteren Teil, die beiden Obergeschosse wurden vermietet. Sein Vater studierte Physik und begeisterte sich schon 1923 für die „Bewegung". Er rückte Hitlers Kreis ziemlich nahe und wollte sowohl wissenschaftlich als auch politisch Karriere machen. Der Schock nach dem totalen finanziellen Zusammenbruch der Familie hat sehr tief gesessen und war Ursache für einen sehr ausgeprägten Ehrgeiz. Den polnisch klingenden Name fand er hinderlich als Nationalsozialist und auch das Adelsprädikat bedeutete ihm als „Volksgenosse" nichts mehr. Er verbannte auch jede Traditionspflege aus seiner Familie. Ein Onkel von ihm wollte belegen, dass sein Name 900 Jahre alt sei. Das interessierte den Neffen nicht.

Der Physiker Schellenberg avancierte in Rüstungskonzernen auf immer höhere Posten, war sowohl Wissenschaftler als auch ein großer Organisator, wurde hoch dekoriert. Im Jahre 1945 verpasste er in Dessau an der Elbe das rechtzeitige Absetzen nach dem Westen, weil seine hochschwangere Frau nicht mehr transportfähig war. Als die Amerikaner ab- und die Sowjets einzogen, gebar sie unter größten Schwierigkeiten eine Tochter. Im Herbst 1945 wurde die Familie von den Sowjets entdeckt, der nötigste Hausrat der Schellenbergs von flinken sowjetischen Soldaten in einen Güterwagen geworfen, die Familie in einen Waggon der Holzklasse gesteckt und auf eine wochenlange Reise in die Sowjetunion geschickt. Dort arbeitete der Vater mit vielen anderen deutschen Wissenschaftlern und Ingenieuren an Dingen, die er in der Familie nie preisgegeben hat. 1953 kamen sie wieder nach Dessau. Der Vater war krank, die Mutter depressiv.

Der Erzähler, Klaus Schellenberg unterbrach seinen Bericht mehrfach, um sich zu fassen. Lächelnd erinnerte er sich beiläufig, wie er in der Dessauer Oberschule dem Russischlehrer häufig grammatikalisch in die Parade gefahren ist, weil er darin eben besser als jener war.

Der Vater hat ihm und der jüngeren Schwester eines Tages gebeichtet, dass er es im Herzen bereue, Namen und Tradition abgelegt zu haben, für die falsche Sache. Ihm, dem Klaus, hat er aufgetragen, die Unterlagen der Familie eines Tages zu bergen, wenn die Verhältnisse es wieder erlauben sollten. Für den Vater bedeuteten sie damals im aufstrebenden Nationalsozialismus nichts mehr, jedoch hatte er sich gescheut, sie zu vernichten.

Als die Eltern schnell hintereinander starben, gingen Klaus und seine fünfzehnjährige Schwester über Westberlin in den Westen.

Im Jahr 1990 fuhr Klaus Schellenberg nach Leipzig und stand vor der Jugendstil-Villa des Großvaters im Stadtteil Leutsch.

Sie war im Dezember 1989 geräumt worden; die Abteilung des Ministeriums für Staatssicherheit bestand nicht mehr.

Der Garten war verwildert, Unkraut stand in den Fugen der Gehwege und Treppenstufen. Einige Fensterscheiben im Hochparterre waren zerborsten, einige Fensterflügel standen offen. Der hohe schmiedeeiserne Zaun war verrostet.

Der Enkel des unglücklichen Besitzers ging hinein in den Vorgarten und gelangte tatsächlich durch ein Fenster in das Haus. Sein Herz pochte stark, als er das fand, von dem er gehofft hatte, es möge alle denkbar gewesenen Umbauten überstanden haben. Das war ein Podest im Erker des großen Salons, welches man über drei breite bogenförmig vorspringende Stufen betrat. Der Großvater hatte es für die Hauskonzerte einziehen lassen. Der Parkettboden war so stabil, dass nichts federte und knarrte, die Stufen waren aus grünem Marmor gefertigt. Diese solide Ausführung überstand die wechselnden Schicksale des Hauses.

Mit Genehmigung des Stadtkonservators, der über das denkmalgeschützte Haus wachte, gelangte Schellenberg nach langen Prüfungen durch das Amtsgericht zu seinem

Erbe, sechs flachen, vernagelten Holzkisten von beträchtlichem Gewicht. Sie waren unter dem bühnenartigen Podest versteckt gewesen.

Jahre hat er gebraucht, die Geschäftspapiere, Briefe, Tagebücher, Reisenotizen, die Chronik und vieles andere zu sichten und zu katalogisieren.

Mit Anteilnahme hörte Löwe die Geschichte des feinen alten Herrn an.

Herr Schellenberg holt einen mit Guttapercha bezogenen Karton mit einem zierlich beschrifteten Etikett.

„Bitte, wenn Sie etwas finden sollen, kann es nur in diesem Karton sein. Sie dürfen dort am Tisch Platz nehmen."

Löwe fragt: „Wie lange darf ich denn ihre Zeit in Anspruch nehmen?"

„So lange Sie wollen und können, zum Essen habe ich fast nichts im Haus, seit meine Frau tot ist."

„Ich werde mich beeilen, dann lade ich Sie zum Abendessen ein."

„Wenn ich Ihnen raten darf, nehmen Sie sich diese beiden Büchlein vor."

Löwe zieht Baumwollhandschuhe an, was der Besitzer der Bücher dankbar vermerkt und betastet die beiden etwa 10 mal 15 cm großen Exemplare. Die dunkelbraunen, abgegriffenen Ledereinbände sind mit zierlichen Rankenmustern geprägt, der obere Schnitt ist vergoldet. Beides sind Tagebücher des gesuchten Akteurs.

Schnell kann er eines der Bücher beiseite legen, weil es die Zeit ab 1766 betrifft. Nun bemüht sich der Kommissar, die kleine, undeutliche, mit Silberstift geschriebene Schrift zu lesen. Er wird fündig. Der Reisende hat hinter Prag seine Gedanken gesammelt und in der offenbar schwankenden Kutsche gekritzelt:

> „Sohn unseres Schirrmeisters N. in Freibg. besuchen. Zum Bürgerm. nehmen und Auftrag geben. Gutsmann muss ihn vergattern bei schwerer Straff. Postmeister Bescheid geben."

Löwe notiert sich den genauen Wortlaut.

„Vielen Dank, Herr Schellenberg, mehr durfte ich nicht erwarten. Aber nun gehen wir speisen!"

„Das ist alles? Vier kurze Sätze? Was können Sie daraus ableiten?"

„Sie werden der Erste sein, dem ich erzähle, wozu es nütze war, wenn wir unsere Ermittlungen abgeschlossen haben und ich dazu autorisiert werde."

Damit ist der Herr zufrieden.

Im Freiberger Stadtarchiv kann Löwe mit seiner gewinnenden Art, ohne den wichtigen Kommissar zu mimen, wieder mit der engagierten Hilfe der Mitarbeiterinnen nach intensiver Suche Erfolg verzeichnen. Bürgermeister Johann Kaspar Gutsmann hat im September 1763 ganze Arbeit geleistet. Es liegt ein langer und umständlich formulierter Vertrag vor, aus dem Löwe zusammengefasst erfährt:

> Der Schmiedegeselle Christof Peter Andreas Neumann, tätig beim Schmiedemeister August Christian Wöhner, zu Freiberg, verpflichtet sich, sofort nach Wien zu reisen, um dort nach dem Auftrag eines erlauchten Herrn Grafen eine Arbeit auszuführen. Seine ganze Sorgfalt hat er auf die

Arbeit zu verwenden. Mit keinem Menschen darf er weder in Wien, noch an einem anderen Ort später über diese Arbeit sprechen. Auch auf der Reise nach Wien soll er sich jeder Unterhaltung über sein Ziel und seine Profession enthalten. Wenn der hohe Auftraggeber dem Herrn Bürgermeister die volle Zufriedenheit über die fertige Arbeit mitteilt, wird sich ein hochwohllöblicher Rat bei der ehrbaren Zunft dafür einsetzen, dass sich Neumann als Schmiedemeister in der Stadt niederlassen darf. Die Schmiede seines betagten Herrn zu übernehmen, dessen Tochter zu freien, würde unterstützt werden. Bricht der genannte Neumann das Schweigegebot, geht er des Bürgerrechts verlustig und muss aus der Stadt, mit Weib und Kind. Es folgen weitere Anweisungen.

Der Vertrag ist von beiden Seiten unterschrieben.

Löwe sagt scherzhaft: „Wollen wir für den jungen Schmied hoffen, dass es nicht allzu viel Überwindung gekostet hat, die Tochter des alten Meisters zu freien."

Die Damen kichern.

Das Rechnungsbuch des Rates verzeichnet unter dem 21. Oktober 1763:

> Reisegeld an den Schmied A. Nemann.............3Tlr.
> Für zwei Handbreit Goldblech 620 Grän
> an Goldschmied J.F.Florian.......................33Tlr.
> Gem. Silberdraht 12 Ellen an denselben......7Trl 8 Gr.

Dieses „Gem." deutet Löwe als „gemein" im Sinne von einfach.

Und als I-Tüpfel findet man im Grundstücksbuch die Eintragung, dass der Schmiedemeister Ch. P. A. Neuman

Haus und Schmiede des Meisters Wöhner im Jahr 1767 übernommen hat.

Die Abschrift einer Rechnung des Rates an den Grafen Haugwitz über die vorgestreckten Materialien und das Reisegeld wird später gefunden und dem Kommissar als Kopie zugesandt.

Löwe denkt: „Was Neumann auf der Reise erlebt hat, wie er in Wien unterkam, wo er sein Werk vollbrachte, wäre hochinteressant. Aber es wird, wie die meisten Geschichten der einfachen Menschen im Dunkel der vergangenen Zeiten bleiben."

Als dieser Teil des Falles schon vorläufig abgeschlossen wurde, erhielt Löwe von seiner Martina noch die Kopie eines Briefes des Grafen von Haugwitz an den Fürsten von Thurn und Taxis, in dem der Graf die handwerklichen Künste des sächsischen Schmiedes schildert. So habe er für den „bewussten Gegenstand" eine uralte Schwertklinge verwendet, sie nach dem Schmieden künstlich mit Narben versehen, indem er Sand auf den Amboss streute. Weder den kleinen Riss oberhalb des Nagels, noch die Falten in der Goldmanschette habe er vergessen genau nachzubilden. Dann habe er das Eisen mittels „eines geheimen Sudes dunkelbraun und schwärzlich gemacht". Den Silberdraht habe er mit etwas Schwefel schwarz gefärbt. Die Inschriften habe er wie ein Goldschmied eingraviert und auch sonst nicht die geringste Kleinigkeit übersehen. Die „eingelassenen Messingkreuze an den Flügeln zum Exempel".

Dr. Martina Schneider schreibt dazu, dass der Handwerker die Heilige Lanze genau untersucht, das heißt, auseinander genommen haben muss, weil seine Nachbildung ja nachweislich innen die eiserne und die Silbermanschette hat. Wie hätte er sonst davon wissen können?

Hans Kracht ist ein Chef, der gute Leistungen anderer zu schätzen weiß. Aufgekratzt bedankt er sich bei Löwe für die Arbeit, die zügig erledigt wurde. „Nun springen Sie dem Faßbender bei und bringen Sie uns die echte Heilige Lanze! Die Beweggründe der großen Mutter Österreichs und damit die Entstehung der Nachbildung, können wir hinreichend beweisen", resümiert er. Dabei bemerkt Löwe, dass nicht mehr von dem „Ding" die Rede ist, sondern dass schon ein wenig Respekt aus Kracht spricht.

Immer mehr Auslandsgespräche sind auf Löwes Telefonabrechnung verzeichnet. Heute Abend vermehrt er die Anzahl um ein sehr langes, zärtliches, dankbares, sehnsüchtiges, hoffnungsvolles.

Dritter Teil

Connections

Kommissar Karl Faßbender nahm die Adresse, die ihm Kracht gegeben hatte und versuchte, einen Kontakt zu bekommen. Er rief bei der „BeLuxGroup" in Berlin an und verlangte, den Vortandsvorsitzenden Jan van Strehlen zu sprechen. Er gab sich als Geschäftsmann aus und nuschelte etwas von Immobilien und geschlossenen Fonds. Die Dame am Telefon wimmelte mit den üblichen Lügen ab. Da bat Faßbender, Herrn van Strehlen doch ganz herzlich von Herrn Kracht aus Dresden zu grüßen. Es entstand eine Pause. Die Dame fragte: „Wie können wir Sie erreichen, Herr Faßbender?" Er sagte ihr seine Handy-Nr. an und hakte nach: „Verzeihen Sie, Verehrteste, wie war noch Ihr Name?"

„Ich bin Margot Krüger, die Sekretärin Herrn van Strehlens" Er dachte: „Krüger, dein Name ist Cerberus!"

Die Firma mit dem pompösen Name ist ein Konglomerat, das sich van Strehlen, von Beruf Architekt, nach und nach zusammengebaut hat. Besonders expansiv passierte das seit dem Umzug der Regierung von Bonn nach Berlin. Er befasst sich mit Grundstücksgeschäften, Import/ Export, Consulting, Coaching, hat Betriebsgesellschaften, wie zum Beispiel Golfplätze, er hält und vermittelt Beteiligungen. Alle Tätigkeitsfelder bilden selbständige Firmen.

Über das Konstrukt der Holding jongliert der Unternehmer meisterhaft mit Gewinnen und Verlusten, zu Lasten der Steuern.

In seinen Kreisen wird er zärtlich „Lambi" genannt, weil er eine Lamborghini-Sammlung besitzt. Er fliegt einen eigenen Helikopter, wohnt in Grunewald und verfügt über Refugien für sich und seine speziellen Freunde und Partner an schönen Plätzen in Europa. In erster Ehe ist er seit 25 Jahren mit einer Industriellentochter, die ihm starten half, verheiratet. Seine Kinder versteckt er regelrecht vor der Öffentlichkeit. Das *Lux* im Firmenname hängt mit seiner Heimat Luxemburg zusammen, wo eine Dependance besteht. Es gibt in seinem Umfeld keine Gesellschaftsskandale.

Das alles wusste Kafka, ehe er sich heute mit ihm in der Kantine eines Kleingartenvereins in Pankow trifft, wo die Leute in der warmen Herbstsonne sitzen. Gegenüber am Zaun stehen hohe Astern, deren Gold- und Brauntöne von der schräg stehenden Sonne in ihrer Strahlkraft phantastisch gesteigert werden.

Den Weg zu dem Gartenlokal kann Faßbender gut einsehen.

Da kommt ein Mann in Jeans, schlappriger Wildlederjacke und Slippern, groß, schlank, mit einem Normannenschädel, dessen Haar glänzend und straff gescheitelt anliegt. Es ist sehr hellblond, vielleicht hier und da schon weis.

Der Kriminalist, der ein schwarzhaariger, athletisch gebauter Mann von nur mittlerer Größe ist, nimmt sich vor, sich von dieser Figur nicht beeindrucken zu lassen.

„Schickt Sie Herr Kracht?", fragt der Mann ohne Gruß.

Faßbender nickt stumm und fixiert die Nasenwurzel des „reichen Sacks". Der reicht seine riesige Hand.

„Jan, nennen Sie mich Jan!"

„Danke, ich heiße Karl, danke, dass Sie gekommen sind. Wo ist Ihr Wagen?"

„Taxi, ich bin mit dem Taxi gekommen."

Kafka denkt: „Wenn wir jetzt alles zweimal zweimal sagen, kann das lustig werden."

„Womit kann ich Ihnen helfen, womit? Wie geht es Herrn Kracht?"

„Darf ich Ihnen etwas zu trinken holen? Hier ist Selbstbedienung."

„Ja, ein Bier wäre nicht schlecht, ein Bier.", meint van Strehlen.

Der Kommissar bringt zwei große *Schultheiß-Helles* und knüpft an:

„Der Herr Kracht verrät mir nicht, wie's ihm geht. Aber ich denke, er ist auf dem Posten. Zu Ihrer ersten Frage, wir haben gehört, Sie tummeln sich auch auf amerikanischen Geschäftsfeldern. Nun ist es dadurch ja möglich, dass Sie weiterreichende Kontakte zu amerikanischen Personenkreisen haben."

„Entschuldigen Sie, Karl, was sind weiterreichende Kontakte... weiterreichende, Tschuldigung?"

„Also,... betrachten Sie diese Einleitung als verunglückt, aber ein erstes Kennenlernen ist eben manchmal nicht so einfach."

„Zugegeben, wenn Sie demnach Schwierigkeiten haben, mir etwas begreiflich zu machen, dann ist es wohl eher delikat...äm... delikat?"

114

„Delikat würde ich das nicht nennen. Es handelt sich um sehr geheime Vorgänge."

„Hm, na klar, wieso müssten wir uns denn sonst gerade hier treffen? Sie machen es ganz schön spannend... äm... spannend. Kommen Sie raus damit, kommen Sie raus!"

„Wir möchten recht gerne wissen, ob US-Agenten in Deutschland nach einem bedeutenden kulturhistorischen Gegenstand suchen, wenn ja, wo."

Der sich lässig gebende Geschäftsmann richtet sich schnell aus seiner bequemen Haltung auf, legt die Unterarme auf den Tisch und beugt sich näher zu Faßbender: „Nein, was suchen die? Was ist es? Wer sagt, dass sie etwas suchen, und was?"

Kafka legt ihm die Hand auf den Unterarm und macht: „chch..." Er schaut sich um.

Niemand hat von ihnen Notiz genommen.

Van Strehlen hat sich wieder in der Gewalt und flüstert fast: „Entschuldigen Sie, Karl, aber wenn ich von so 'was höre, brüllt der Sammler in mir, der Sammler. Während meines Architekturstudiums wollte ich damals umschwenken in Kunstgeschichte, weil ich nach alter Kunst, nach Antiquitäten verrückt war... äm, bin, ja, schöne alte Sachen."

„Da haben wir etwas gemeinsam."

Sie sehen sich an. Faßbender denkt: „Pferdekopf, brauchst nur noch die Nüstern blähen."

„Also, Jan, die Sache ist die, zunächst werde ich Ihnen nicht sagen, was gesucht wird, von den Amis und von uns. Wenn Sie etwas über mögliche Aktivitäten herausbekommen, kann es gut sein, dass Sie es Zug um Zug erfahren.

Wir wissen, dass Geheimdienstleute von drüben unterwegs sein werden, um etwas zu suchen, das 1945 in Nürnberg weggekommen ist. Das Ding ist, na sagen wir, europäisches Eigentum, exakter, Eigentum eines Staates. Ob sie schon begonnen haben, wissen wir nicht. Es geht darum: Wo sind sie und wo wollen sie hin? – Im Rahmen der deutsch-amerikanischen Freundschaft lässt sich das leider nicht klären."

„Das kann ich mir gut vorstellen. – Also, ich bin neugierig, äm, ob ich jemand finde in meinen Listen", dabei tippt er sich an den Kopf, „der mir darüber, äm, etwas erzählen kann, darüber."

„Meine Mission ist für heute erfüllt, wenn ich Sie in unserem Interesse neugierig machen durfte."

Jan van Strehlen ist wieder der Weltmann und verabschiedet sich mit schnellem festen Händedruck, dem Polizist ernst und gerade in die Augen sehend. Er denkt: „Eigenartig, der Bursche gefällt mir, und wenn ich den Bullen helfen kann, werde ich es tun, nicht ganz uneigennützig."

Ihm ist ein Stein vom Herzen gefallen, weil er nun weiß, dass man ihn nicht wegen irgendeiner seiner schöpferischen Aktivitäten hierher zitiert hat.

Kafka hingegen musste an sich halten, seine Abneigung nicht zu zeigen. Nach seiner Meinung hat er einen gebildeten Schelm kennen gelernt, dessen Klugheit und Cleverness ihn wahrscheinlich schon oft vor der Kollision mit dem Gesetz geschützt hat.

Wenn Kafka zu sich ehrlich wäre, dann würde er erkennen, dass er diesen Mann nicht leiden kann, weil der so groß und von so lässiger Eleganz ist.

Während sie auf eine Nachricht van Strehlens warten, kommen Faßbender und Löwe nicht sehr viel weiter. Sie kombinieren und rätseln. Löwe hat sich über die Truppenbewegungen der damals in Nürnberg eingerückten amerikanischen Verbände informiert. Daraus ergibt sich im Wesentlichen, dass sie nach Norden und Osten nur in kleinen Teilen bis in die Oberpfalz und den Bayerischen Wald gerückt sind. Große Teile wurden nach Ostasien verlegt, weil die Japaner immer noch nicht kapituliert hatten. Kracht ruft die beiden wiederholt und drängt.

Da bestellt van Strehlen den Kommissar Faßbender zu sich in sein Büro. Löwe geht nicht mit. Kracht will die Verbindung so diskret wie möglich halten.

Der Cerberus Margot Krüger, erweist sich als eine große Blonde mit üppigen, aber nicht hässlichen Formen und mit wallender Lockenpracht. Ihr dunkles Kostüm kann nicht von der Stange sein, so perfekt sitzt es. Sie berlinert nur leicht und fragt, ob der Gast *Kaffe* oder Tee zu trinken wünscht. Ihre Stimme ist kräftig und angenehm. Er schätzt die Dame auf fünfzig Jahre.

Van Strehlen erscheint in der Tür und bittet den Kommissar freundlich in sein Büro. Es ist modern und geschmackvoll eingerichtet. An der Wand gegenüber dem Fenster hängt ein großes Bild. Der Schreibtisch steht schräg im Raum, so dass der Blick des Besuchers vom Mann im Chefsessel leicht auf das Bild gleiten kann. Es mutet an wie eine Fotografie, wie die Makroaufnahme des Blicks in eine gelb-rosa Rose. Die Schatten schimmern blau, in stufenlosen Übergängen dunkler werdend. Faßbender bekommt seine Vermutung bestätigt, dass es von dem Malerfürsten ist, den er vermutete und taxiert in Gedanken Vierhunderttausend Euro dafür.

Die Tür geht auf, die Krüger erscheint mit einem Tablett und serviert den Kaffee. Das macht sie perfekt. Ihre gepflegten Hände hat sie nur mit einem Ring an der linken geschmückt, ein schöner grüner Turmalin sendet warmes Licht aus. Sie schaut ihren Chef an und weist mit einer knappen Kopfbewegung auf das Telefon. „Gut, aber danach keine weiteren Gespräche, keine weiteren!", sagt van Strehlen. Er hebt ab: „Ja, was gibt's?" Pause, danach hört Kafka ihn nachdrücklich sagen: „Junge, die Puffs interessieren mich nicht, ich will die Häuser, will Mieterträge. Welcher Zuhälter Mieter ist, ist wurscht! Mann, Mann, Mann,... also, Angebot um zwei Punkte hoch und Vertrag machen, Tempo, - ja Tschüs." Er schüttelt den Kopf als wolle er sagen: „Dieses Personal..." und wendet sich dann seinem Gast zu. Der tut, als hätte er nichts gehört und lobt das Bild. Dann schlürft er genüsslich den vorzüglichen Kaffee und lobt die Sekretärin. Der Hausherr hört das gern und verrät: „Die zu finden, war Massel. Sie hat im DDR-Außenhandelsministerium gearbeitet. Viele Kontakte habe ich durch sie. Sprachen, auch natürlich Russisch, kein Problem. Sie sagt, sie sei meine Sekretärin, aber Bürochefin wäre treffender. Ich bezahle sie gut, offenbar genügt ihr das. Manchmal gibt sie mir Kontra. Und stellen sie sich vor, sie hat die Tradition des Frauentages bei mir durchgesetzt. Macht mir sogar Spaß, die Weiber am 8. März zu hofieren, hahaha. Kennen sie das, Karl?"

„Nein, kenne ich nicht."

Faßbender registriert, dass sein Gegenüber keine Wörter mehr wiederholt. „Der ist jetzt wieder Meister aller Klassen.", denkt er - „Das ist ein gutes Zeichen, er hat etwas für mich."

Jan van Strehlen fasst seinen Gast ins Auge. Er sieht gut aus, wenn er so wissend und ironisch lächelt, gar nicht fies wirkt das bei ihm. Aber Faßbender empfindet das so. „Der kauft Häuser mit Puffs darin, geh mir weg! Der macht aus Scheiße Geld." Nun wendet sich der Ästhet van Strehlen seinem schönen Porzellan zu und setzt es behutsam beiseite. Wieder schaut er Faßbender an und holt Luft. Der macht das Spiel mit und nickt lächelnd, als wolle er sagen: „Endlich machen wir's uns wieder mal gemütlich." – Nun lässt es der Lambi heraus:

„Karl, Sie müssen herausfinden, was die Amis mit Rocky Castle in Deutschland bezeichnen. Ich denke, Sie müssen sich beeilen. Sie sind da. Wahrscheinlich drei oder vier Mann."

„Wie gesichert sind Ihre Informationen?"

„Haha, höre ich da die Frage nach dem *Wer* heraus?" - „Nein."

„Also seien Sie sicher, dass der Mann im Bilde ist, von dem ich es habe. Ziemlich hoch angebunden ist die Aktion. Ein Verrückter mit viel Geld und Macht steckt dahinter. Andere möchten, dass der einen Dämpfer bekommt. Mehr weiß ich nicht. Wie wäre es, wenn Sie mir im Gegenzug sagten, was gesucht wird."

„Ich denke, Sie sollten mir sagen, ob ihre Informanten das wissen", kontert Faßbender geschickt.

„Nein, sie wissen es nicht. Sie haben gehört, dass der Gegenstand wirklich sehr alt sei und dass er in eine Reisetasche passt."

„Jan, ich darf es Ihnen nicht sagen. Wenn Sie es jetzt wüssten, nun, da könnte ich nichts machen. Aber vorläufig müssen Sie sich gedulden."

„Uralt, wahrscheinlich Kult-Gegenstand, Nürnberg, da könnte man schon spekulativ ein paar Dinge einkreisen. Es wird doch nicht der Reichsapfel sein, oder gar die Krone? Hehe. Die Krone würde ich nicht anfassen wollen. Dann geht's einem wie dem SS-Heidrich, der die Wenzelskrone in Prag aufprobiert hat. Am nächsten Tag war er tot."

„Herr, äh... Jan, ich danke Ihnen. Versprochen, ich sage es Ihnen, wenn wir das Ding haben."

„Das nehme ich Ihnen sogar ab, bis bald.", sagt van Strehlen lachend.

Faßbender gibt der Krüger die Hand und bedankt sich charmant für den Kaffee. Sie lächelt zufrieden.

Hasen und Igel

Es gibt in Deutschland nach dem Postleitzahlenbuch einige Orte mit dem Namen *Steinburg*. Alle werden durch eine verstärkte Ermittlergruppe abgeklappert, ohne Erfolg. Auch in verschiedenen *Felsberg* hat man es versucht. Außer Spesen... Da ist nichts, was zu den Vermutungen der Polizei passt. Befragungen an Zeitungskiosken, Touristenbüros, Ausflugszielen ergeben zwar vage Hinweise auf fragende Passanten, auch solche mit Akzent, aber was bedeutet das schon?

Auch drei unauffällige Touristen in Schlamper-Look, mit amorphen Rucksäcken können in Steinburg/Holstein, Steinburg bei Naumburg an der Saale, Steinburg Kreis Stormarn, und Steinburg in Niederbayern keine Burg mit einer begehbaren Gruft finden.

Sie sitzen am Computer und suchen bei Google-Earth. Sie wälzen Kartenwerke. Vielleicht war es Intuition; jedenfalls stoßen sie auf das Schloss Rochsburg über dem Tal der Zwickauer Mulde im Freistaat Sachsen. – Dann geht alles ganz schnell.

Löwe sitzt mit Kafka im Hause der Großeltern bei Kaffee und Kuchen. Mit den Gedanken sind beide weit weg. Eigentlich wollten sie ihre Dienstfahrt gar nicht unterbrechen. Aber Löwe hätte ein schlechtes Gewissen gehabt, dicht am Wohnsitz der Großeltern vorbeizufahren und sie nicht zu besuchen, wenn auch nur ganz kurz. Nur um etwas zu reden, fragt Löwe: „Opa, wo willst du denn dei-

121

nen 75ten feiern?" Da blitzen die Augen des Alten auf und er verrät: „Eigentlich sollte das noch geheim bleiben, aber weil du planen musst, sag ich es dir. Im *Hotel Muldenschlösschen* in Rochsburg. Mein Stuhl steht dann so, dass ich meine Burg immer angucken kann, während meine Sippe meinen teuren Wein säuft und dummes Zeug redet." Nun erzählt er aus seiner Kindheit, wie er mit der Schulklasse auf der Rochsburg übernachten durfte und was sie da für Unsinn angestellt haben.

„Übrigens, meine Mama, die Gute, hat mir erzählt, ich hätte als kleiner Junge immer ‚meine Rocksburg' gesagt, mit K, weil ich mit dem Kehllaut Schwierigkeiten hatte." Während der Alte noch in der Erinnerung lächelt, schauen sich seine beiden Gäste an, stehen auf und stoßen die Arme hastig in ihre Jacken. „Jungs, wo wollt ihr denn so schnell hin?"

Die Großmutter begreift auch nicht, wo plötzlich diese Eile herkommt. Sie hat kaum noch Zeit, ein paar belegte Brötchen für die beiden einzupacken.

Ehe bei Löwe und seinem Freund der Groschen gefallen ist, waren die Leute Forresters in Rochsburg und besahen sich die Umgebung. Sie sind in zwei staubigen Golfs unterwegs. Der dunkelblaue trägt Frankfurter, der anthrazitfarbene Münchener Kennzeichen. Auf dem Schloss nahmen sie an einer Führung teil, stellten keine Fragen, redeten nicht miteinander.

Die Schlossverwalterin und ihr Mann haben einen guten Schlaf. Er muss zur Arbeit weit fahren und kommt müde nach Hause, sie muss den lieben langen Tag im Schloss treppauf treppab jagen, Restaurateure und Bauarbeiter beaufsichtigen, Führungen machen, Veranstaltungen organisieren, mit Künstlern verhandeln etc. – Und trotzdem hört sie dieses dumpfe Poltern, springt aus dem Bett, geht schnell ans Fenster und sieht einen dunklen Schatten aus dem Innenhof in den Tunnelgang verschwinden. Sie ruft sofort die Polizei an und erfährt, dass ein Wagen zurzeit in ihrer Nähe ist und sehr schnell kommen wird. „Bleiben Sie im Haus!", wird angeordnet. Das Paar geht hinüber in einen Saal, aus dem man in Richtung Landstraße sehen kann. Da ist das Blaulicht! Man sieht es nicht direkt blitzen; von Nebelschwaden wird sein Widerschein weit gestreut, bis es hinter dem Ort in der großen Biegung zum Schloss verschwindet.

Die zwei Uniformierten sind außer Atem, als sie hoch in den Innenhof kommen. Das große Haupttor fanden sie verschlossen. Die kleine Schlupftür daneben stand offen.

Die Schlossverwalterin und ihr Mann gehen hinunter in den Hof zu den Polizisten. Kurze Befragung und schnelles Umschauen; man sieht die offene Tür zur Kapelle. Jetzt ist klar, woher das Poltern kam. Der schwere Deckel des großen Doppelsarges liegt am Boden. Er ist wohl den Einbrechern entglitten, weil einer der schweren Scharnierhenkel aus dem morschen Holz herausgebrochen ist. Auch andere Särge stehen offen. Ein Polizist sagt: „Nichts anrühren, große Schritte! Was können die Einbrecher mitgenommen haben?"

Die Verwalterin weiß nur von geringen Grabbeigaben, aber immerhin, sie sind antik.

Der Polizist berichtet telefonisch seiner Dienststelle.

Nach wem aber, mit welchem Fahrzeug soll man fahnden? Es werden Fahrzeugkontrollen an den nächstliegenden Autobahnauffahrten veranlasst.

Die Polizisten versiegeln die Tür der Kapelle. Später wird die Spurensicherung kommen.

Von der Burg aus fahren sie auf ihrer Runde in Richtung Lunzenau. Die Straße windet sich in fünf oder sechs, zum Teil engen Kurven abwärts durch ein Wäldchen. Links steigt das Gelände an und rechts geht es an einer Stelle steil bergab. Starke Fichten, einige Laubbäume und Buschwerk stehen an den Hängen. Es ist ein sehr kühler Morgen, noch dunkel, etwa vier Uhr dreißig. Der Fahrer ist vorsichtig, denn die Straße glänzt verdächtig.

Da, in der Senke des Tränkgrundes, so heißt die Gegend, wo ein Rinnsal die Straße unterquert, die gefährlichste Kurve lauert, liegt ein PKW kopfüber am rechten Rand. Es sieht aus, als könne er jeden Moment in die Tiefe rollen.

Die Polizisten setzen alle Blinklichter am Auto, einer sucht nach Verletzten oder Beteiligten, der andere rennt, auf dem bereiften Asphalt beinahe ausgleitend, um Warnleuchten aufzubauen. Sie sichern die Unfallstelle so gut es in aller Eile geht. Die Dienstelle ordnet an, die Straße in beiden Richtungen zu sperren.

Der anthrazitfarbene Golf mit Münchener Kennzeichen ist total zerstört. Die linken Türen sind eingedrückt, die rechten offen, aber zerbeult, die Heckklappe ist abgetrennt und muss irgendwo liegen. Die schlaffen Airbags tragen leichte Blutspuren. Der Motor des Fahrzeuges ist noch sehr warm.

Die Streifenpolizisten suchen beiderseits der Straße zwischen den Büschen und Bäumen nach Menschen. Sie finden niemanden.

Nun versuchen sie schon einmal den Weg des Wracks zu rekonstruieren. Der Wagen muss von oben gekommen sein und ist dann erst links an einen starken Baum geprallt. Dessen frische Wunde leuchtet hell und feucht. Dann scheint sich das Fahrzeug zwei- oder dreimal überschlagen zu haben und der geneigten Straße folgend nach rechts bis scharf an den Abhang gerutscht zu sein.

Endlich kommt der Einsatzwagen. Den beiden jungen Polizisten wird bestätigt, sie haben alles richtig gemacht. Zwei Verkehrspolizisten bauen die starken Scheinwerfer auf und beginnen zu messen und zu markieren. Schnell haben sie dicht oberhalb der Kurvensenke starke Bremsspuren gefunden, die darauf hindeuten, dass sich hinter dem Unfallwagen ein zweiter PKW auf der Straße gedreht hat. Dann muss er in das gerade vor kurzem mit frischem Kies belegte Bankett gefahren sein. Rad-, Fuß- und Schleifspuren sind deutlich erkennbar. Zwei Kriminalbeamte durchsuchen den Unfallwagen, der nach der fotografischen Dokumentation auf die Fahrbahn zurück gekippt wurde. Das Auto ist leer, so weit man das in diesem Zustand sehen kann. Kurz darauf kommt der Abschleppwagen.

Da stellt einer der Streifenpolizisten fest, dass ein Junge von vielleicht 11 oder 12 Jahren mit großer Aufmerksamkeit die ganze Szene betrachtet.

„Na, schon so früh auf? Wo kommst du denn her?"

Die Uhr zeigt 6:45 Uhr.

„Ich komm' von meinem Opa aus Rochsburg und muss vor der Schule noch nach Hause."

„Seit wann stehst du hier?"

„Bin gerade gekommen."

„Zu Fuß?"

„Na klar, der Opa will doch mein Fahrrad reparieren."

„Du darfst das rot-weiße Band nicht übertreten, das merk' dir! Jetzt musst du zurück. Durch die Unfallstelle kann ich dich nicht lassen."

„Aber da komm' ich doch zu spät. Kann ich hier den Abhang runter durch den Wald?"

„Wenn du dir dein Zeig zerreißen willst, bitte." Und schon ist das flinke Kerlchen halb rutschend, halb hüpfend nach unten in das Dickicht unterwegs. Der Polizist schüttelt lächelnd den Kopf.

Unterdessen fährt ein dunkler Golf, aus dem heftig telefoniert wird, auf Umwegen, die Auffahrt zur A4 bei Glauchau meidend über Zeitz bis in ein Waldstück nahe der Auffahrt zur A9. Ein Verletzter wird von zwei Begleitern mühsam in dem Laderaum eines hellen VW-Caddy mit Berliner Kennzeichen gebettet und weiter geht die Flucht über die A9, das Hermsdorfer Kreuz und auf der A4 in Richtung Westen. Der Wagen trägt die Firmierung eines Pharmaziegroßhandels und ein Schild „Eilige Medikamente". Obwohl der Verletzte zur Eile drängt, beachtet der Fahrer, nun der vierte Mann, die Gebote der Geschwindigkeitsbegrenzungen sehr genau.

Der Fahrer will von den zwei Unverletzten wissen, wie dieser Unfall passieren konnte. Sie berichten, dass sie das Schloss sehr schnell verlassen mussten, weil sie Geräusche verursacht hätten. Daran wären sie aber schuldlos. Sie seien dann, nachdem sie, wie vereinbart, das Objekt in dem Wagen mit dem Münchener Kennzeichen deponiert hatten, abgefahren. Auf der welligen Route 1, die sie hatten nehmen wollen, sei dann am Himmel der blinkende Widerschein von Blaulicht zu sehen gewesen. Zum Glück hätten sie die rechtwinklige Mündung der Straße zu der kleinen Stadt, die sie eigentlich meiden wollten, noch erwischt und wären abwärts im Wald verschwunden. Und plötzlich wäre der vordere Wagen ausgebrochen, gegen einen Baum geknallt und hätte sich mehrfach überschlagen. Gleichzeitig wären auch sie ins Schleudern gekommen, hätten sich gedreht, wieder gefangen und dann wäre ihnen nur noch übrig geblieben, den Verletzten zu bergen. Das Objekt sei verschwunden, ganz sicher aus dem Wagen geschleudert worden, weil die Hecktür abgerissen war. Sie hätten in aller Eile das Umfeld abgesucht, aber nichts gefunden. Intensiver zu suchen wäre wegen der schon alarmierten Polizei zu riskant gewesen. Die persönlichen Sachen des Verletzten hätten sie aus dem Fahrzeug noch mitnehmen können. Sie hätten zwar von Kurven gewusst, aber nicht, dass sie zu dieser Jahreszeit schon vereist sein könnten. Und Eile wäre bei der Flucht nun einmal geboten gewesen. Sie hätten dann nach GPS navigiert und die Hauptstraßen weitgehend gemieden.

Der Fahrer flucht, die Zwei schweigen, der Verletzte wimmert.

Sie passieren das Kirchheimer Dreieck und fahren weiter in Richtung Frankfurt. Der Verletzte phantasiert. Die Fahrt ist lang und qualvoll. Im ummauerten Garten einer Villa holen sie ihn vorsichtig heraus. Er ist tot.

Abschied

Löwe und Faßbender besichtigen die Gruft und sprechen mit der Schlossverwalterin. Am Rande bemerken die Kenner in der Schlosskapelle Sankt Anna den restaurierten Renaissance-Altar aus Sandstein, mit Resten der Originalfassung in schönen Farben und Gold. Er soll nun gegen die aufsteigende Feuchte geschützt sein, berichtet stolz die Kuratorin.

Der abschließende Bericht über den Einbruch in das Schloss Rochsburg und einen offenbar damit zusammenhängenden schweren Verkehrsunfall liegt auf dem Tisch des Direktors des LKA Dresden.

Die beiden enttäuschten Kommissare sitzen ihm in respektvoller Haltung gegenüber. Zu allem Schlamassel tritt nun auch noch Staatsanwalt Dr. Pflüger in den Raum. Sein Gruß ist nur eine stumme Andeutung. Hans Kracht beginnt: „Zwei schlechte Nachrichten! Welche wollen sie zuerst hören?"

Die beiden rühren sich nicht.

„Erstens verlangt das BKA Sie, Herr Faßbender, wieder zurück, man hat dort dringende Verwendung für sie.

Zwei A: Na, das ist ihnen nicht ganz neu, die anderen waren schneller.

Daraus ergibt sich Zwei B: Sie, Löwe müssen sich so lange als Einzelkämpfer bemühen, bis wir definitiv wissen, ob die Boys das Ding greifen konnten oder nicht."

Pflüger scheint doch nicht ganz stumm zu sein, denn er bemerkt spöttisch: „Wie war das noch mit Hase und Igel? Wenn ich meine Oma damals richtig verstanden habe, war immer der Igel *all door*. Nun war es aber der Hase."

Kracht überhört die überflüssige Bemerkung und fährt fort:

„Wir wissen folgendes: In diesem Schloss wurde nachts die Gruft aufgebrochen, sehr professionell zunächst; Särge wurden geöffnet, alles, was darin lag, durchwühlt und offen liegen gelassen, weil die Profis stümperhaften Krach gemacht haben und daher schnell verschwinden mussten. Zwei PKW waren beteiligt, von denen der verunfallte bei Sixt in Frankfurt gemietet wurde. Typ und Kennzeichen des zweiten kennen wir von dem bei Zeitz gefundenen Wagen. Er gehört der Firma AVIS und ist ebenfalls in Frankfurt angemietet worden. Die Namen der Mieter sind bekannt aber uninteressant, weil nicht echt. Mindestens ein Mann muss schwer verletzt worden sein, aber es gibt bisher keinerlei Hinweise auf Konsultation eines Arztes. Das ist das Fazit der Polizeidirektion Chemnitz. Na und sie beide sind in Frankfurt auch nicht weiter gekommen. Die Leute sind mit hochangebundener Hilfe verschwunden.

Nun wäre es schön, wenn wir unsere Quelle in Berlin wieder sprudeln lassen könnten. Unser angesagter Lambi muss seine Antenne wieder ausschwenken. Was denken sie, Faßbender, könnten sie den Kollegen Löwe dort einführen?"

„Allemal, das geht in erster Linie über seinen unwiderstehlichen Charme, mit dem er die Vorzimmerdame ganz und gar heiß machen wird." Der Direktor beansprucht eine lockere Redeweise im Dienst nur für sich. Daher gefällt ihm der Ton Kafkas nicht, aber den Mann hat er schon abgehakt. .

Faßbender wird van Strehlen anrufen und Löwe ankündigen.

Die beiden Freunde gehen über den gerade eröffneten Striezelmarkt und wissen nicht, worüber sie sich hier freuen sollen. Von den vielen Menschen und den durch ständige Wiederholung entwerteten Weihnachtsliedern fühlen sie sich genervt, weil ihre Stimmung am Nullpunkt ist. Hinter der sich öffnenden Häuserfront erscheint die wunderbar beleuchtete Frauenkirche in ihrer ganzen Majestät. Da wird ihnen wohler.

„Wirst du zu Weihnachten in Wien sein, Moritz?"

„Ja, Gott sei Dank, sonst wüsste ich nicht, wie ich mit dieser Pleite fertig werden sollte. *Sie* wird mich wieder aufbauen. Hoffentlich wird unsere kurze Ruhe nicht gestört."

„Werdet ihr in die Oper gehen?"

„Ich denke, dass Martina Karten bekommen hat."

Beide trösten sich, dass nun wenigstens klar ist, wo die Nachbildung der Lanze herkommt.

Faßbender fährt noch diesen Abend nach Wiesbaden, um sich morgen bei seinem Dienstherrn melden zu können.

Zu Weihnachten werden sie telefonieren.

Auch Männer leiden unter Abschieden.

Frau Dr. Martina Schneider sitzt am Abend eines langen Arbeitstages ihrem Chef gegenüber, dem berühmten Universitätsprofessor Dr. Dr. Schindinger. Der wühlt noch in

Papieren. Sie hat ein mulmiges Gefühl, merkt, dass er an einer Aussage bastelt, die Schwierigkeiten erwarten lässt. Sonst kommt er sofort zur Sache. Ohne Anrede hebt er an: „Wie lange san'S bei mir? Nein Sie brauchen nichts sagen. Seit Sie die Matura abgelegt haben, seit Sie ihre erste Vorlesung gehört haben. Ich hab Sie erkannt, gefördert, Sie waren meine auserkorene Nachfolgerin, jedenfalls von mir aus. Sie durften sich bewähren, reisen, Gastvorlesungen für mich halten uund uund uund. Nur Guttaten ham'S von mir g'habt. Und jetzt erklären'S mir bittschön, wie die Daitschen die Sache mit der falschen Lanzen so schnell aufklären konnten, wie, wie!" Die letzten zwei Wörtchen hat er geschrieen. Sein kahler Schädel glüht.

„Herr Professor, nicht in dem Ton! Bitte. Im Übrigen verstehe ich Ihre Frage nicht."

„Sie verstehen ganz genau! Wen hat man denn am zweiten Weihnachtstag in der Oper an Ihrer werten Seite gesehen? Ha? Vier Monate, nachdem der Herr Kriminalkommissar Löwe hier weilten. Lange hab ich gegrübelt, ob es möglich sein könnte, dass der was aufschnappen hat können. Aber jetzt ist es doch offensichtlich. Also, bitte, was sagen Sie dazu?"

„Ich kann in die Oper gehen, mit wem ich will."

„Natürlich, – sogar ins Bett."

Sie steht auf. „Wir können weiter reden, wenn Sie sich überlegt haben, dass auch ich einen gewissen Respekt erwarten darf."

„Sie bleiben hier!", schreit Schindinger.

„Sie werden ihre Kündigung einreichen und ich werde sie befürworten. Wenn Sie das nicht in aller Diskretion haben wolln, dann kann ich auch anders! Sie müssen den Daitschen über das *Denk - und Merkbüchl* informiert haben. Wie konnte der denn sonst auf Haugwitz und Taxis kommen?"

„Dass Haugwitz der große Reformer unter Maria-Theresia und ihr Vertrauter war, weiß jeder normal Belesene!"

„Ich lass mir von Ihnen nix vormachen. Der hatte keinen blassen Schimmer, wo er mit seiner Suche anfangen sollte. Kündigen Sie oder ich lass den Fall von der Polizei untersuchen." Mit hochrotem Gesicht stampft er im Zimmer hin und her. Dann sagt er: „Die denken ohnehin, dass ich sie hab am langen Arm verhungern lassen." Er merkt, dass er eben einen Fehler gemacht hat und wird ganz ruhig und es klingt wehleidig:

„Martina, wie konnten Sie ihren Mentor so hintergehen? Ich will und kann nicht mehr mit Ihnen zusammen arbeiten. Mein Vertrauen zu Ihnen ist hin."

„Was soll aus mir werden?"

„Sie bekommen natürlich das Beste aller Zeugnisse."

Sofort geht ihr durch den Sinn: „Aha, er weiß, dass ich ihm schaden könnte, wenn ich dazu fähig wäre." Laut sagt sie: „Sie bekommen meine Kündigung."

Schindinger spricht jetzt kalt und monoton, so als würde er solche Sätze des Öfteren verkünden: „Ich entbinde Sie ab sofort von allen Forschungsaufgaben. Sie übernehmen nur noch Vorlesungen bis zu Ihrem Abgang."

„Schön, guten Abend."

Fast hätte er aus Gewohnheit gesagt: „Mäene Veräehrung!" Aber er murmelt nur etwas Undeutliches.

Noch am selben Abend teilt sie ihrem Moritz die Katastrophe mit. Er hat sofort ein schlechtes Gewissen und klagt sich an. Da sagt sie: „Moritz, ich würde es wieder tun. Für dich."

Wenn er sie doch jetzt in die Arme nehmen könnte, wenn sie sich jetzt an ihn schmiegen könnte.

„Ich komme am Freitagabend nach Wien. Wir werden zusammen nachdenken. Und, Martina, ich bin für dich da - Liebste."

Er belastet sie nicht noch mit seinen Sorgen.

Sie verbrachten ein Wochenende, das sie noch mehr verband. Sie versprachen sich einander und machten Pläne.

Lichtblick

Anfang Mai ist Löwe zum ersten Male in Jan van Strehlens Büro. Auch ihm serviert Frau Krüger mit großer Liebenswürdigkeit den „Kaffe". Van Strehlen präsidiert bestangezogen hinter seinen Designerschreibtisch. Er ist gut gelaunt und fragt, wie es den Herren Kracht und Faßbender denn gehe. Löwe sagt das Übliche.

„Tchjaaa, Herr Löwe, ich glaube die Emissäre aus Gottes eigenem Land haben kräftig versagt. Es soll einen Unfall gegeben haben. Aber die Luxusgangster sind untergetaucht."

„Das ist ja großartig!" Ruft Löwe spontan. „Ich meine natürlich, dass sie das Objekt nicht haben."

Etwas ruhiger sagt er seinem Gastgeber, dass der Wald bei dem Unfallort von Polizeikräften damals akribisch abgesucht worden ist, natürlich, ohne etwas zu finden außer zerknüllten Bierbüchsen und dem obligaten Fahrradrahmen. Also muss jemand anderer das Gesuchte haben.

„Ach ja, das wollte ich Ihnen sagen, ich habe mir bei einem Abstecher das Schloss Rochsburg von oben angesehen, auch dieses Städtchen. Das liegt ja herrlich. Beim nächsten Mal gehe ich runter. Mal sehen, was die dort touristisch bieten und marketingmäßig machen."

Löwe denkt: „Er geht runter, er lässt sich herab vom Himmel des Geldes, beim nächsten Mal. Vielleicht lässt sich dort etwas verdienen."

Dann sagt er: „Herr van Strehlen, Sie haben mir Hoffnung gemacht. Danke!"

„Wenn wir uns wiedersehen, werden Sie mich Jan nennen, Moritz!"

„Auf Wiedersehen, Jan." – „ Auf Wiedersehen"

Löwe berichtet seinem Vorgesetzten. Er wird darauf von einer Ermittlungssache, die er zwischenzeitlich bearbeitet hat, entbunden und hat sich jetzt wieder ausschließlich der *Sache Lanze* zu widmen. Ein Fernschreiben Krachts an die Polizeidirektion Chemnitz erleichtert ihm die Zusammenarbeit mit den Kollegen, die den Einbruch und den Unfall bearbeitet haben. Er geht jede Einzelheit mit allen damals beteiligten Beamten durch. Da ist eine bisher übersehene Winzigkeit. Ein Kind könnte zur Lösung beitragen.

Fundsache

Die Reihenhäuser mit den flachen Dächern an der Parkstraße gehörten dem ehemals größten Industriebetrieb der
Gegend. Man sagte immer noch „Vogels Häuser", als sie
längst vom „VEB Möbelstoff-und-Plüschweberei" übernommen waren. In einem davon saß die Familie Flämig,
Vater, Mutter und Sohn im letzten Spätherbst beim
Abendbrot.
Die Vorhänge zur Straße waren zugezogen. Draußen
wurde es schon bald Nacht.
„Oliver, jetzt reicht es! Du weißt, dass du uns alles sagen
kannst. Junge, wir sind deine Eltern, wir machen uns Sorgen, wenn du seit Tagen so rumhängst.", sagt der Vater.
Dabei schaut er unter der tief hängenden Küchenlampe
nach dem Gesicht seines Sohnes. Der Junge hat sein Be-
steck hingelegt. Seine Augen sind gesenkt, die Mundwin-
kel hängen, seine Ohren sehen sehr rot aus. Die Mutter
fasst nach seiner Hand und schaut ihn bittend an. Da
steht das Kind auf und wartet, sich halb umwendend, bis
der Vater auch aufsteht. Zu dritt gehen sie in den Hinterhof, wo der Junge mit seinem Schlüssel das Vorhänge-
schloss der schmalen, niedrigen Tür des Schuppens auf-
schließt, in dem er basteln darf. Er macht Licht und holt
unter der kleinen Werkbank einen Karton hervor, öffnet
ihn und lässt die Eltern hineinschauen.
„Was ist das?" Der Vater greift in den Karton und holt
einen dunkelgrauen Metallbehälter heraus. Schwer liegt
ihm das Stück in den Händen. Er dreht und wendet es

unter der Lampe. Die Mutter streicht vorsichtig mit dem Zeigefinger darüber. Der Vater stellt fest, das sich dieses eigenartige, längliche Gefäß nicht öffnen lässt, offenbar zugelötet ist. Es hat einige leichte Beulen und Kratzer, die helles Metall sehen lassen. Der Vater weiß, das ist Zinkblech.

„Wo hast du das her, Oliver?" Der Vater zuckt, als er merkt, dass die Tür offen ist und er zu laut gesprochen hat. In den Reihenhaus-Höfen und Gärten ist nicht viel Distanz zu Nachbarn. Er schließt die Tür.

Leiser wiederholt er: „Junge, komm erzähl."

Der zwölfjährige Oliver ist erleichtert, weil er nun endlich die Last von seinem Gewissen wälzen kann. Die Eltern schauen ihn so sorgenvoll und lieb an, da hat er keine Angst mehr.

„Wie ich beim Opa übernachtet hab, weil der doch mein Fahrrad nicht fertig gekriegt hat, weil doch das eine Ritzel kaputt war, weil er das halt erst besorgen musste..."

„Mein Hase, mach' langsam", unterbricht ihn die Mutter und streicht sanft über seinen Kopf. „Nu ja, da bin ich doch früh zu der Stelle im Tränkgrund gekommen, wo der Unfall war und der Polizeier hat mich halt nicht durchgelassen. Da hab ich gefragt, ob ich den Abhang nunter durch den Wald darf. Der hat *ja* gesagt und da bin ich los. Unten, wo der kleene Bach ist, bin ich an das Ding gestoßen. Ich hab geguckt, ob mich eener sieht, aber da wars noch halb duster und Büsche warn auch dazwischen. Da hab ich das Ding halt in mein Rucksack gesteckt und dann hab ich's hier versteckt. Und wie ich nu gehört hab, dass in der Burg eingebrochen worden ist und der kaputte Golf wahrscheinlich den Einbrechern gehört hat, da hab ich halt tierisch Angst gekriegt." Die Eltern drücken beide ihren Goldsohn an sich.

„Ja und dann hab ich das gelesen, was in das Blech hier eingekratzt is. **Danger Don't open**, das heißt: Gefahr, nicht öffnen. Vielleicht is Sprengstoff drinne? Ja und da hab ichs halt zu gelassen. Und hier unten is noch ein Stempel vom Klempner. Den kenn ich gar nicht."

„Um Gottes willen!" Die Mutter hält die Hände vor ihren Mund.

„Nein, Sprengstoff ist bestimmt nicht darin, denn beim Verlöten ist das Ding doch heiß geworden. Da wäre es schon hoch gegangen.", beruhigt der Vater. Dann fährt er fort: „Oliver, dass war sehr gut, dass du den Behälter nicht geöffnet hast. Du hättest ihn nie glatt und sauber aufgekriegt, du hättest ihn zerstört. Und wie gesagt, es steht ‚Vorsicht' drauf!"

„Gefahr", verbessert Oliver.

Der Vater bestimmt: „Jetzt packen wir wieder ein, nehmen den Karton mit ins Haus und reden in der Stube weiter." Dort fragt der Vater seinen Sohn: „Hast du das irgend jemandem erzählt? Dem Opa, dem Ricky, deinem besten Kumpel?"

„Nee, aber ich wollte schon. Den ersten Tag war Ricky noch krank zu Hause und dann hab ich halt das mit dem Einbruch gecheckt und da hab ich nich gewusst, was ich machen sollte."

„Schön, jetzt weißt du wieder einmal, wer deine allerallerbesten Freunde sind." Der Junge drückt seine Eltern, dass es ihnen weh tut.

„Also, höre, du weißt nichts von der Sache, redest mit niemand darüber und ich bringe das Ding zur Polizei. Ich hab's eben im Wald gefunden. Basta."

„Cool" sagt Oliver und geht in seine Kammer.

„Aber der Fernseher bleibt aus!", ordnet der Vater an.

Als das Ehepaar Flämig im Bett liegt, sagt die Frau: „Harro, wir müssten wissen, was in der Kapsel steckt."

„Na klar, ich bin auch neugierig. Aber was brächte uns das? Ich muss es so oder so abliefern."

„Wenn wir aber nun damit bissel Geld verdienen könnten?"

„Helga, hör auf! Das mit der letzten Rate für die Waschmaschine weiß ich. Ich hab nämlich die Mahnung gelesen. Du brauchst das nicht vor mir zu verstecken. Ich bin ja froh, dass du das Geld verwaltest, weil ich jedes Mal Herzrasen kriege, wenn ich nur den Kontoauszug lese. Aber ich mache keine krummen Dinger!"

„Du bist mein Guter."

„So soll 's auch bleiben." –

„ Lass, der Junge schlaft noch nicht."

Das Gespräch ruht.

Sie wieder: „Harro, wir könnten es aber ganz einfach rauskriegen, was drin ist."

„Wie denn?", will er wissen.

„Der Doktor fährt mit Madame am Freitag übers Wochenende nach München. Ich soll am Samstagvormittag Belege für die Monatsabrechnung sortieren, also muss ich dienstlich in die Praxis. Da nehme ich das Ding mit und röntge es."

„Das kommt nicht infrage!"

„Wieso nicht, wir klauen es doch nicht. Wir wollen doch nur wissen, was drin ist."

„Wir reden morgen weiter darüber, Schwester Helga, schlafen Sie jetzt."

Sie möchte gerne weiter reden, weil seine letzte Bewerbung wieder erfolglos war. Mit den Geldsorgen lässt er sie im Grunde allein, auch wenn er angeblich alles wissen will. Sie weiß, sein Nervenkostüm ist schwach, aber auch sie kann manchmal nicht mehr.

Kein Wort lässt Flämig am anderen Tag über den Fund gegenüber seiner Frau verlauten.

Er will zu seinem Vater, dem beim Feuerholzmachen helfen. Zur Polizei müsste er nach Burgstädt fahren. Dazu trifft er keine Anstalten. Morgen ist Samstag, da wird sie es tun. „Er sagt nichts, weil er mich machen lassen will", denkt die Frau. Am Abend schaut er seinen Kalender an, um festzulegen, wann er nach Burgstädt fahren wird.

„Jetzt tut er, als könnte er sich vor Terminen nicht retten." Sie feixt ein bisschen.

Sie sitzen am Küchentisch. Der Junge ist bei Ricky über Nacht. Flämig fährt die Küchenlampe höher und beide sehen sich die Röntgenaufnahme an.

Undeutlich erkennen sie einen geschwungenen, spitz zulaufenden Gegenstand.

„Harro, sag mir sofort was das ist, oder ich werd verrückt!"

„Das ist ganz einfach eine Speerspitze oder besser vielleicht, eine Lanzenspitze. Die muss sehr alt sein."

„Harro, wenn einer mit so einem Ding so einen Aufwand treibt, dann ist das was ganz Besonderes, oder?"

„Hm."

„Harro, kein Mensch außer uns dreien weiß, dass wir das Ding haben. Und Oliver machen wir vor, dass du es ablieferst. Da waren's nur noch zwei!"

„Das werd ich auch tun."

„Was?"

„Abliefern."

Helga Flämig springt auf und hastet in der kleinen Küche hin und her.

Und nun öffnet sie ihre Schleusen und sagt ihm, warum sie bis jetzt so einigermaßen durchgekommen sind. Sie hat ihre Eltern angepumpt, mehrmals. Aber die brauchen ihr Geld zurück. Der alte Heizkessel ist vom Schornsteinfeger nur noch befristet zugelassen worden. Der muss ganz einfach durch einen neuen ersetzt werden. „So isses!"

Harro Flämig sinkt in sich zusammen, legt den Kopf auf den Tisch und seine Schultern beginnen zu zucken.

Das ist ihre Stunde. Sie wird ihn jetzt nicht trösten, wie sonst. Sie geht ins Wohnzimmer und überlässt ihn sich selbst.

Er steht in der Tur, kreidebleich, und fragt: „Wie viel?"

„Dreitausend!" Ihre Stimme ist hart. Jetzt setzt sie noch eins drauf, wirft den Kopf hoch und gurgelt ein lautes „Aaach", worauf sie heftig anfängt zu weinen und zu schluchzen. Sie hat es nicht gespielt, es ging ganz von allein.

Seit jenen Herbsttagen waren die Wochen voller Ängste und Zweifel. Sie fürchteten, dass man sie entdeckt. Sie konnten sich nicht entschließen, aktiv zu werden, ihre Ware irgendwo anzubieten. Die finanziellen Sorgen wurden immer drückender. Sie wussten nicht, welchen Preis sie ansetzten sollten. Wenn doch nur die Schulden bei den Eltern zu tilgen wären! Schließlich, inzwischen war es März, wagten sie es.

Oliver

Kriminalkommissar Löwe streicht sich die Schuhe auf dem Blechgitter ab, so beeindruckt ist er von dieser Sauberkeit, von diesem gepflegten Vorgärtchen. Danach benutzt er noch die Kokosmatte an der Haustür und klingelt.

Von drinnen hört er die Tagesschau-Melodie.

Ein Junge öffnet. Es ist Oliver. „Guten Abend, Löwe, sind deine Eltern da?" „ Öh... ja... Papa, komm mal!"

„Guten Abend, Herr Flämig, ich sehe, Sie kennen mich wieder. Wir haben heute schon zusammen Bier getrunken. In dem Biergärtchen hinten am Anger."

„Hm, Sie wünschen?"

„Ich möchte mich kurz mit Ihnen unterhalten, dürfte ich hinein kommen?"

„Bitte!"

In der Wohnzimmertür erscheint Frau Flämig. Sie gibt dem Gast die Hand und schaut ihn fragend an.

„Oliver, geh bitte nach oben." Der Junge steigt die Stufen hinauf und schaut misstrauisch durch die Stäbe des Geländers nach dem Besucher. Löwe fragt sich, warum der große Junge wohl nicht zugegen sein darf.

Man sitzt in der kleinen Stube. Alles ist schlicht und sauber, dabei anheimelnd.

„Möchten Sie etwas trinken?" Fragt die Frau.

„Sehr freundlich, aber, nein danke. – Herr Flämig, ich bin von der Kriminalpolizei, also Kommissar, nur der Ordnung halber." Frau Flämig wendet sich zum Fernseher

und schaltet ihn ab, Flämig sitzt gebeugt auf der Sessel-
kante und schaut auf den Boden. „Genau wie beim Bier",
denkt Löwe. Es ist nicht sehr hell im Zimmer. Löwe zeigt
seinen Ausweis, der nicht beachtet wird.

„Wir befassen uns immer noch mit dem Einbruch auf der
Rochsburg und dem anschließenden Verkehrsunfall.
Durch Zufall hörte ich nun heute durch Ihre Freunde von
einem Behälter, den vor langer Zeit ein Klempner, Sie
erwähnten seinen Namen, für einen amerikanischen Offizier anfertigen musste.
Die Männer diskutierten, ob da nicht ein Zusammenhang
bestehen könnte.
Leider mussten Sie danach gehen. Ich hatte den Eindruck,
dass Sie von dem Thema sehr, sagen wir, berührt waren.
Können Sie mir irgendetwas dazu sagen?"
Harro Flämig wirkt unschlüssig, ob er antworten soll. Er
hustet und räuspert sich.
„Nein, davon weiß ich nichts. Natürlich sind hier alle neugierig, ob sich das noch einmal aufklärt. Aber...äh, nein,
ich wüsste nicht, was ich dazu sagen sollte."
„Na ja, wir suchen eben überall. Ich dachte,... na den Ver-
such war es wert. – Ich hörte, Sie waren Webermeister?"
„Industriemeister in der Weberei. Ja, schon bald nicht
mehr wahr."
Löwe beobachtet, wie erleichtert die beiden Menschen zu
sein scheinen. Die Frau bietet noch einmal etwas zu trinken an. „Na ja, ein kleines Wasser nehme ich gern." Flämig möchte unbeeindruckt wirken und erzählt: „Mein
Vater und mein Großvater haben schon bei *Wilhelm Vogel*
gearbeitet. Der Fabrikant hat zwar hier die Hütten bauen
lassen aber der hat die Leute behandelt wie Dreck. Seinen

Park hier gegenüber, den durfte nur seine Blase betreten, sonst keener! Hm, und nun kommt man sich wieder vor wie Dreck, arbeitslos. *Arbeitslos,* das Wort hab ich immer bloß von drüben gehört – damals; hätte mal nie gedacht, das es unsereinem so gehen könnte."

Löwe steht auf, schiebt die nur angelehnte Tür zum Flur auf und horcht. Auf den oberen Holzstufen sind drei schnelle dumpfe Schritte von Füßen in Socken zu hören. Wieder dem Paar zugewendet, gibt er vor: „Ach entschuldigen Sie, ich dachte, ich hätte meinen Kollegen mit dem Wagen gehört. Aber da war nichts. – Ja, das ist für sie ganz bitter. Haben Sie denn noch Arbeit, Frau Flämig?"

„Noch, ich bin Sprechstundenhilfe beim Arzt. Hoffen wir, dass der's noch lange macht."

„Ich hoffe es auch für Sie." Nun steht Löwe auf und verabschiedet sich. Im Flur hält er noch einmal inne und ehe jemand etwas spricht, hört er von oben ein leises Wimmern.

„Tut uns leid, dass wir Ihnen nicht weiterhelfen konnten, Herr Kommissar."

„Schon gut, auf Wiedersehen."

Der fremde Mann ist weg.

Die Flämigs umarmen sich, halten sich und schauen sich in die Augen. Jeder weiß unausgesprochen um die Angst des Anderen.

Der Schuldirektor wiegt bedenklich den Kopf. Endlich lenkt er ein und ordnet an, dass sich die Klassen 5, 6 und 7 in der Aula versammeln sollen. Löwe hat Oliver unter seinen Kameraden ausgemacht und beginnt: „Guten Tag,

Kinder. Ich bin Kriminalkommissar Moritz Löwe." Einer kann Löwengebrüll nachmachen. „Ruhe!" ruft ein Lehrer. „Eure Rochsburg wurde von Einbrechern besucht, wie ihr wisst, im vorigen Herbst, und wir wissen immer noch nichts Genaues darüber. Nicht mal, was aus der Gruft gestohlen wurde, weil niemand weiß, was überhaupt drin war." „Gespäänster" weiß ein anderer Witzbold. „Harry Potter fragen!" Lachen, Kichern. "Ruhe!" ruft der Lehrer. „Wir nehmen die Sache ernst! Und – dieser Unfall. Wir wissen, dass ein Junge an der Unfallstelle war. Das hielt die örtliche Polizei bisher nicht für so wichtig. Jetzt ist es dem jungen Beamten wieder eingefallen. Vielleicht weiß dieser Junge etwas, was uns weiter hilft. Frage: Was hat der junge Polizist falsch gemacht?" „Den Name nicht aufgeschrieben... aufzuschreiben vergessen", ruft es vielstimmig.

„Richtig, und leider kann er ihn nur grob beschreiben. Ein Junge eben, mit gestyltem Kurzhaar, blond, dunkelblauer Anorak, Jeans, graue Turnschuhe, Rucksack. Na so sehen viele aus. Weiß jemand, wie wir den Junge finden können?"

Niemand weiß es, aber Löwe hat genug gesehen. Er hat Mitleid mit Oliver. Beinahe grün im Gesicht hat der sich nach allen Seiten umgesehen.

Als Löwe wieder klingelt, er hat sich auch diesmal die Sohlen abgeputzt, kommt Herr Flämig. Er ist sehr blass und macht eine Handbewegung, die den Besucher auffordert, hinein zu gehen.

Im Wohnzimmer sitzt die Frau mit verheulten Augen. Der Junge ist nicht im Raum.

„Können wir den Oliver heraushalten?", fragt Flämig.
„Er denkt doch, wir hätten das Ding abgeliefert."
„Gut, – ihre Sache. Ich werde ihn belehren und er kann gehen. Ich möchte, dass er sich beruhigt."
So geschieht es. Löwe schärft dem Kind ein, dass man Fundsachen unverzüglich abgibt. Oliver nickt heftig, ein paar Mal schluchzt er noch und darf dann in sein Zimmer gehen. Löwe schließt die Tür diesmal selbst und spricht gedämpft:
„Beschreiben Sie den Gegenstand möglichst genau! Sagen Sie mir, und das möchte ich gleich mit diesem Gerät dokumentieren, wo haben Sie das Diebesgut hingebracht und wann?"
„Herr Kommissar, um Gottes Willen, muss ich jetzt ins Gefängnis?"
„Helfen Sie uns mit einem lupenreinen Geständnis, dann wird der Richter Ihre prekäre Situation sicher berücksichtigen. Was Sie gemacht haben, ist Hehlerei, da beißt die Maus keinen Faden ab. Aber ich kann schreiben, dass Sie bei meiner ersten Frage sofort kooperativ waren.
Wenn es um den nicht bezifferbaren Wert der Lanze ginge, hätten Sie schlechte Karten, aber Sie dachten, das sei eine Lanzenspitze, wie man sie in jedem Kreismuseum sehen kann."
„Ja, - genau - das haben wir gedacht, nichtwahr Helga?"
Die Frau ringt die Hände, geht zweimal die kurze Strecke durch das Zimmer. „Ja, Herr Kommissar. Wir wissen doch jetzt noch nicht mal, was das eigentlich ist. Herr Löwe, ich... ich bin an allem schuld. Der Harro wollte das Ding abliefern. Aber ich hab ihm gesagt, dass ich Schulden gemacht habe, machen musste. Ich hab ihn überredet,

147

glauben Sie mir, wir sind keine schlechten Leute. Wenn ich..." – Löwe unterbricht sie, er will das nicht hören, weil es nutzlos ist.

„So, ich schalte jetzt ein. Nur Sie, Herr Flämig, reden, verstanden. Und sprechen sie nicht so laut! – Vernehmung des Herrn Harro Flämig am... Name, Adresse, Geburtsdatum..."

Flämig ist ganz ruhig, wirkt erleichtert, spricht seine Personalien in Richtung des kleinen Diktiergerätes. Er schildert, wie sein Sohn ihm den geschlossenen Behälter gezeigt hat, beschreibt ihn, wie sie den geröntgt haben, und wie er dann nach einem Käufer gesucht hat. Er hat nach Anzeigen Ausschau gehalten, die von Liebhabern historischer Waffen geschaltet werden, hat sich dann aber lieber auf die Antiquitätenhändler konzentriert, weil er private Kontakte scheute. – Hier entsann er sich der Brücke, die ihm der Kommissar gebaut hatte und sagte. „Durch das Röntgenbild war ich überzeugt, dass es sich um eine Speerspitze handelt, wie ich sie im Heimatkundemuseum in Rochlitz gesehen habe." Er habe den Behälter nicht geöffnet. Einmal hätte er ihn nicht beschädigen wollen, zum anderen habe er an irgendwelche chemischen Gefahren gedacht. Den potentiellen Käufern habe er das Röntgenbild vorführen wollen. Dann nennt er verschiedene Adressen, die er in Berlin angesteuert hat. Weil sie ihm zu vornehm aussahen, hat er sich einen Trödler in Berlin–Wedding ausgesucht.

„Wann war das genau?"

„Das war im März, also vor acht Wochen."

Der Trödler hat die Aufnahme angeschaut, ihn ausgelacht und gesagt, dass er doch keine Wundertüten kaufen würde. Dann habe der Mann den Behälter gekonnt an der richtigen Stelle mit einer Eisensäge geöffnet. Die Deckelhülse wollte nicht weichen, da habe er sie mit einer Kerze angewärmt, bis sie sich abziehen ließ. Nun legte der Händler den Behälter lange in heißes Wasser, das er mehrmals erneuerte, um die Temperatur hochzuhalten. Endlich konnte er den Speerkopf herausziehen. Da habe der Händler gesagt, dafür gäbe es hier keine Kundschaft. Flämig behauptet nun, sich das Objekt nicht näher angesehen zu haben. Es sei noch stark mit Wachsresten behaftet gewesen. Er habe sich nicht die Finger beschmutzen wollen. Es habe einfach so auf dem Tisch gelegen, Eisen und Messing und Draht eben. Er leide ja auch schon lange unter dieser Kontaktallergie gegen allerlei chemisches Zeug.

Löwe fragt ihn, wie viel Geld er verlangt und wie viel er bekommen habe. Flämig vergisst wohl, dass er seine „Fundsache" für eine gewöhnliche Lanzenspitze halten wollte und gesteht, dass er dreitausend Euro verlangt hat. Zum Schluss habe ihm der Mann Eintausendachthundert gegeben. Aber nur, weil er, Flämig, Anstalten gemacht hatte, sie wieder mitzunehmen. Er gibt die Adresse des Käufers an.

Löwe glaubt dem Amateurhehler, aber er denkt auch, dass der etwas über die Lanze weiß. Denn wieso spricht Flämig von Messing? Doch nur, um die Sache kleiner zu reden. Jedoch, er will dem armen Hund nichts weiter beweisen.

Wedding

Schon am nächsten Morgen gegen Zehn Uhr stöbert Löwe in allerlei Nippes. Er ist in einem Berliner Hinterhof. Die Räume, die der

Antik-Handel An- und Verkauf Torsten Klabunde

belegt, sehen nach einer früheren Tischlerwerkstatt aus. Das Angebot ist riesig. Neben Dingen, die Kitsch und Trödel darstellen, wie man ihn auf jedem Flohmarkt sehen kann, gibt es schöne alte Möbel, Pfeilerspiegel, Klaviere, Lampen. Kronleuchter, Teppiche, Bilder etc. etc. Auf dem Hof steht ein geschlossener Lieferwagen mit Hochdach und eine rot-blau changierende „Corvette". „Ob er auch Zuhälter ist?", denkt Löwe.

Kein Mensch kümmert sich um den ersten Kunden des Tages. Da endlich kommt eine hübsche Schwarzhaarige mit tiefer gelegter Hose und sehr kurzem Top. „Kann ick Sie helfen?"

Löwe grinst sie breit an, schaut auf ihren gepiercten Nabel und fragt: „Haben Sie etwa auch Louis-quatorze-Möbel?" Sie antwortet schlagfertig:

„Nüsch det ick wüsste, awa in ner halben Stunde kommt die Kollejin, die eijentlisch suständig is. Ick vatrete ihr solange."

„Ist denn der Chef da?"

„Oh,... er will nüsch jeschtört wearn, wenn sich det vameiden lässt."

„Oh, der wird ganz sicher mit mir sprechen wollen, wenn er hört, was ich ihm Wichtiges mitzuteilen habe. Führen sie mich mal schnell zu ihm."

Die Schöne scheint zu ahnen, dass sie hier gefügig sein muss und führt den Kunden zum Büro nach hinten. Sie klopft und geht hinein, um ihn anzumelden. „Bülle sear", sagt sie und hält ihm die Tür, die von innen von einer langen Spannfeder automatisch zugezogen wird. Der Chef sitzt vor einem Flachbildmonitor und lässt den Kunden genüsslich warten. Dazu setzt er einen angespannten Ausdruck auf. Dann wendet er sich hoheitsvoll um und fixiert Löwe. Er scheint jedoch die richtige Witterung aufgenommen zu haben, denn er lässt seine Pose fahren und fragt: „Bitte?" Nun lässt sich Löwe Zeit; lässt seine Augen von dem kräftig gebauten Mann mit Vokuhila-Frisur, schmalen, tiefliegenden Augen, Western-Hemd, Jeans und Cowboystiefeln weggleiten. Im Raum steht ein schwerer Tresor und in den Regalen liegt „Antik-Ware" unterschiedlichster Art. Fein aufgereiht in einem anderen Regal Leitzordner, die sauber beschriftet sind. Das Fenster zum Hof ist schwer vergittert. Die Tür, durch die Löwe kam, ist mit dickem Eisenblech bewehrt.

„Herr Torsten Klabunde nehme ich an?"

„Ja, und mit wem hawe ick det Vagnüjen?"

Löwe zeigt seinen Ausweis, den der Händler eingehend prüft.

Nun bemüht sich der Berliner, hochdeutsch zu sprechen: „Herr Kommissar, was kann ick für Sie tun?"

Löwe denkt: „Wer hat nur diesen Satz erfunden?"

„Ich möchte etwas für Sie tun, Herr Klabunde, wenn Sie jetzt ganz kooperativ sind, und mir sagen, wo sich der

151

Lanzenkopf befindet, den Sie vor genau 61 Tagen, am 16. März von einem Mann aus Sachsen gekauft haben. Keine Spielchen bitte, ich will, dass wir beide, ohne weiteres Aufsehen im Kiez zu erregen, die Sache klären."

Klabunde erkennt, dass er verpfiffen wurde. „Moment, Herr Kommissar, von dem Schreck muss ick mir erst ma aholen." Er fasst nach seiner Stirne.

„Fast wie der Denker von Rodin", stellt Löwe beinahe erheitert fest.

„Herr Kommissar, Sie haben jesacht, Sie würden wat für mir tun. Also, ick muss mein Jeschäft behalten, sonst kann ick mir uffhäng." Wenn er aufgeregt ist, muss er berlinern.

„Ich plane nicht, Sie geschäftlich zu vernichten. Machen Sie schnell, sagen Sie, was jetzt allein zählt, und ich werde mich für Sie verwenden."

„Also, Sie komm su spät. Ick hawe det Ding nich hier jelassen, sondern nach Zehlendorf bei meine Freundin jebracht. Un da hamse einjebrochen. Die Lanze is weg."

Im Berliner Polizeipräsidium stellt sich Löwe dem Hauptkommissar Söderbaum vor, der ihm nach der Abstimmung zwischen den Direktionen Dresden und Berlin über die Wirksamkeit Löwes in dem fremden Amtsbereich als Kontaktperson zugewiesen wurde. Sie verstehen sich gut, obwohl Löwe nicht sehr viel offenbart. Dem ohnehin überlasteten Berliner kann das gerade recht sein. Er kennt Klabunde nicht, weiß aber, dass ihn das Einbruchsdezernat schon wegen Hehlerei im Visier hatte. „Aber wat willste machen, sone Kandidaten ham wa ne janze Reihe."

Der Einbruch in Zehlendorf ist angezeigt und die Untersuchungen sind nicht abgeschlossen. Der Freundin des Klabunde, einer Frau Maisonier, hat man zwei wertvolle Ölgemälde und einen silbernen Tafelaufsatz gestohlen. Beides will sie aus dem Erbe der hugenottischen Vorfahren ihres verstorbenen Mannes haben. Was in der verschwundenen Kiste war, die ihr Freund im Keller untergestellt habe und die ebenfalls verschwunden ist, wisse sie nicht. Die Polizei vermutet, dass es sich bei den Bildern und dem Aufsatz um Hehlergut handelt und der Einbruch nur fingiert war, kann aber noch nichts beweisen. Über den Inhalt der Kiste herrschte so lange Unklarheit bis Löwe zu Söderbaum kam. Klabunde hatte angegeben, wertvolle Bücher befänden darin sich.

Rochus
Bitterer Kaffee

Löwe hat von Kracht die vier Leute bekommen, die er braucht. Er ist nun Leiter der SOKO *Rochus*. Die Bezeichnung hat Kracht ersonnen, weil er glaubt, der Name Rochsburg habe etwas mit dem heiligen Rochus zu tun und weil er und seine Leute solch einen schrecklichen Rochus auf die Gegner haben.

Klabunde wurde in Untersuchungshaft genommen. Er blieb bei der Version mit dem Einbruch, die Berliner Kollegen mussten ihn wieder freilassen.

Die Lanze lag indessen in ihrem Behälter und in Kunststoff verschweißt im Schilfgürtel eines kleinen Sees bei Oranienburg. Klabunde hat dort oft geangelt.
Er wurde observiert. Seine Corvette war präpariert worden, und so spürte die Polizei das Signal in Norden Berlins auf. Man fing ihn auf dem Weg in die Stadt zurück ab und fand bei ihm Bargeld in Höhe von Zehntausend Euro. Er kam erneut in Haft. Löwe wohnte den Verhören bei. Der Hehler verlangte, mit ihm allein sprechen zu dürfen. Das wurde ihm gewährt. Er grub das Versprechen Löwes aus, sich für ihn verwenden zu wollen.
„Sie haben mich offensichtlich belogen. Wie können Sie jetzt noch auf meine Nachsicht spekulieren?", sagt Löwe.
„Wenn Sie allerdings hier und jetzt sagen, wo die Zehntausend herkommen, wer sie Ihnen gegeben hat und in

wessen Händen sich die Lanze jetzt befindet, sind immer noch Möglichkeiten drin.

Also, bitte schön, alles und sofort!"

Und der Herr Klabunde beichtete.

Löwe und sein Mitarbeiter, Kommissar Hillig sitzen im Büro des Herrn Jan van Strehlen.

„Herr van Strehlen, wir wissen, dass der Käufer der bewussten Sache einen silberfarbenen Mercedes der C-Klasse gefahren hat. Das Kennzeichen besagt, das dieses Auto auf Ihre Firma zugelassen ist. Bitte, können Sie uns das erklären?"

„Ja, Herr Löwe, das Fahrzeug fährt, – fuhr Frau Krüger, meine Büroleiterin, – Frau Krüger. Es wurde aus unserer Tiefgarage gestohlen und wir haben den Diebstahl unverzüglich angezeigt, als Frau Krüger damit am Abend nach Hause fahren wollte und es nicht fand. Es wurde ausgebrannt, oder besser gesagt, brennend bei Bernau gefunden, Bernau. Die Feuerwehr hat es noch erreicht. Sie löschten die letzten Flämmchen. Aber das wissen sie doch alles, alles. Was Sie von mir wollen, ist mir nicht klar, was? Ich habe keine Ahnung, wohin der oder die Diebe mit dem Auto gefahren sind, wohin."

Löwe spricht ganz ruhig, beinahe freundlich: „Sie wussten, dass wir die Sache suchen, Sie wussten, dass die andere Seite vor uns da war, das Objekt aber verloren hat. Da darf man doch Vermutungen anstellen."

„Logisch, aber nur wenn man mir einen Intelligenzquotient unter fünfundsiebzig zutraut, fünfundsiebzig." Van Strehlen räuspert sich heftig. „Sie glauben doch nicht im Ernst, dass ich ein eigenes Fahrzeug für eine Aktion benutzen lassen würde, die nicht sauber ist, nicht sauber. Und, Herr Löwe, wie kommen Sie darauf, dass ich überhaupt zu einer kriminellen Handlung fähig wäre? Kriminell! Das ist schon sehr kränkend, sehr!"

„Gut, wir dächten tatsächlich zu kurz, wenn wir annehmen würden, dass Sie persönlich verstrickt sind. Also, helfen Sie uns, herauszufinden, wer hier eine falsche Spur gelegt haben könnte. Das bedeutet, Sie sagen uns, wer direkt oder indirekt von der Sache wusste, beziehungsweise weiß."

„Da ist zunächst mein Informant von der amerikanischen Seite. Aber der nimmt keine Rollen in Schurkenstücken an, keine. Der scheidet aus; und ich werde seinen Namen auf keinen Fall sagen, auf gar keinen Fall. Dann ist da nur noch Frau Krüger, die aber auch nur Bruchstücke von Gesprächen gehört haben kann, Bruchstücke. So wie ich, weiß auch sie nicht, um welchen Gegenstand es ging oder geht. Niemals habe ich ihr meine spekulativen Gedanken darüber mitgeteilt, niemals. Ansonsten habe ich nur mit Ihnen und Kommissar Faßbender über Suchaktionen an sich und die Bezeichnung Rocky Castle gesprochen, Rocky Castle. Nein, da ist niemand unter den bekannten Personen, der uns gelinkt haben könnte, niemand."

„Die Wortwiederholungen macht er, weil er ärgerlich ist, nicht schuldbewusst.", denkt Löwe, er glaubt ihm.

Kommissar Hillig möchte wissen, ob der Informant in Amerika oder in Europa sitzt. „Der sitzt meistens im Flugzeug, im Flieger. Hehe. Und im Heli. Aber seine Aufgabengebiete liegen in Europa. – Jjja – so." Diese beiden Wörtchen stößt van Strehlen mit kurzem „a" und „o" hervor, so als wolle er sagen: „Schluss".

Löwe bilanziert in Dresden mit Hillig und den anderen Mitarbeitern seiner SOKO, was sie wissen:

Der Mann, der die Lanze gekauft hat, trug Sonnenbrille, schwarzen Einreiher, schwarzes Hemd, schwarze Krawatte, natürlich schwarze Schuhe. Um das Film- und Fernsehklischee ganz und gar zu erfüllen, trug er noch schwarze Lederhandschuhe. Auf dem blonden Kopf trug er eine schwarze Baseballkappe, kurz, er war kostümiert wie ein zwielichtiger Bodyguard aus dem Milieu.

Er sprach hochdeutsch. Von einem Dialekt merkte der Zeuge nichts.

Er zahlte zehntausend Euro in kleinen Scheinen. Als Klabunde verlangte, er möge vorzählen, zog er unbedacht die Handschuhe aus. Sie waren zu neu und etwas zu groß. Er hatte gepflegte Hände.

Er trug an der rechten Hand einen Trauring.

Am kleinen Finger der rechten Hand fehlte das erste Glied.

„Also Männer, wenn das nichts ist! Das Auto war geklaut, wir wissen wo und wem. Am Fundort des Wracks gab es keine Spuren; das ist schlecht, – aber der Finger!"

Hillig rutscht auf dem Stuhl hin und her. „Was ist, Kollege Hillig?", fragt Löwe. Hillig nimmt die Hand und zählt vor: „Die Krüger, der Strehlen, der große Unbekannte sind die einzigen Eingeweihten, die Krüger nur zum Teil, da bleiben nur noch Sie, Herr Löwe, und Faßbender. Sie waren es nicht, was nun?"

„Mein Großvater würde jetzt sagen: ‚Ich hau' dich unangespitzt in den Boden.' Aber wir sind ja nicht per du." So

157

versucht Löwe die Situation zu entschärfen. Doch was ist mit ihm los?

Ein nie gekanntes Gefühl ist da, Angst vor einer Enttäuschung. Er fährt sich über die Stirn, als wolle er die fürchterlichen Gedanken wegwischen.

Seine Mitarbeiter blicken ihn unverwandt an. „Was ist, spielen wir hier ‚einen ausgucken‘? Oder was?" Er weiß, dass er reagieren muss.

„Wir haben nichts gegen den Kommissar", er kann den Name nicht aussprechen, „als dass er eingeweiht war, aber nur bis zu einem gewissen Ermittlungsstand." Und erneut schnürt es ihm die Kehle zu, denn er erinnert sich seines letzten Telefonates mit seinem Freund. Da hatte er ihm von dem armen Kerl in Lunzenau erzählt, der Monate lang auf der Lanze saß, ehe er sich ausgerechnet einen Trödler in Wedding als Käufer aussuchte. Um Gottes Willen, nein, es kann nicht sein, was nicht sein darf.

„Hillig, observieren Sie mit Loose den Mann. Sie weisen auch die Ablösung ein. Sie, Helmer bleiben bei mir, wir besuchen seine Mutter. Und Sie, Ploch halten hier die Stellung. Rufen Sie sämtliche Auktionshäuser an und fragen Sie nach der nächsten Versteigerung historischer Waffen. Vergessen Sie die Schweiz nicht. Verlangen Sie stets den Chef, mimen Sie den solventen Aussteiger und wickeln Sie den dann ein mit Andeutungen über Ihre Sammlungen, die sich in Banktresoren befinden. Aber quatschen Sie keinen Mist. Nehmen Sie die Kunstbände und schreiben Sie sich die Fachbegriffe auf. Verwechseln sie keine Stil- oder Zeitepochen.

Wenn das Stück in den Handel gelangen sollte, kann sich keiner erlauben, es öffentlich anzubieten. Die suchen dann mit aller Vorsicht nach einem lichtscheuen Verrückten. Spielen Sie verschiedene Rollen, lassen Sie sich etwas einfallen. Wissen Sie, warum ich Sie dafür ausgewählt habe?" –„Nein." – „Ihnen merkt man den Sachse nicht an, weil Sie keiner sind."

Ploch war sauer, aber er ist Meister im Rollenspiel, und so überspielt er auch den Ärger über den Stalldienst. Er nimmt den Hörer in die Hand und imitiert: „Nu gudden Daach, Sie, härn se, ich such ne scheene Mistgabel aus'n Bauerngriech"

Man schlägt ihm auf die Schultern: „Wenn's bei der Polizei mal nicht mehr klappt, dann gehste zu den Comedians bei den Privaten!"

Löwe freut sich über seine Mannschaft und vergisst für einen Moment seine zwiespältigen Gefühle, den Freund betreffend.

„So Männer, und nun sagen wir alle du." Sie stoßen schmunzelnd mit den Kaffeetassen an.

Löwe und Helmer sind unterwegs nach Kassel. Helmer hat als Mitarbeiter eines Umfrage-Instituts bei Frau Faßbender angerufen. Sie ist also zu Hause.

Löwe möchte gern in der FAZ blättern, aber sie ist zu groß, er würde seinen Fahrer behindern. So liest er, was gerade an kurzen Mitteilungen auf dem gefalteten Viertel steht:

„Neue Daten zum Klimawandel ... / Senator Forrester, der republikanische Bewerber um die Kandidatur für das Präsidentenamt sorgte für einen Eklat, als er in einer Pressekonferenz führende Demokraten der Heuchelei be-

zichtigte. Sie würden ihre christliche Über-
zeugung nur vortäuschen..."

Löwe gibt das Lesen auf und erzählt seinem Mitarbeiter
während der Fahrt die folgende Geschichte:

Faßbenders Eltern besaßen ein Hotel, das schon in dritter
Generation der Familie gehörte. In der schönen Gegend
entstanden neuere, modernere Hotels. Faßbenders Vater
wehrte sich mit aller Kraft gegen den Gästeschwund in
seinem Hause, nahm Geld auf und ließ sich auf eine Bera-
terfirma ein, die ihn mit windigen Methoden in die Arme
einer Gesellschaft trieb, die angeblich todsichere Konzepte zur erfolgreichen Umstrukturierung älterer Hotelbetrie-
be in petto hatte. Gegen geringe Beteiligung in den Un-
ternehmen setzte sie diese Konzepte dann um. In Wirk-
lichkeit stürzte Faßbender Senior in weitere Verschuldung;
den Kredit hatte die Gesellschaft besorgt. Schließlich verlor die Familie das Hotel. Entkernt und von Grund auf
modernisiert, gehörte es fortan zu einer namhaften Kette.
Der Vater fand nicht zurück in das Geschäftsleben und
saß lange als sich selbst überflüssig erscheinender verbit-
terter Mann da, bis er eines Tages nicht von einem Spa-
ziergang zurück kam.

Es war Anfang Dezember gewesen, wo die Fröste schon
bitter sein können. Er wurde neben abgelegter Bekleidung
und einer leeren Cognacflasche gegen Mitternacht von
Polizei und Jägerschaft tot aufgefunden. Seine zwei Söhne
waren zu dieser Zeit in ihrer Ausbildung. Karl, der Ältere
wollte Kriminalist werden und Michael lernte in der
Schweiz Hotelgastronom. Sie litten sehr unter der Tat des
Vaters und machten sich Vorwürfe, sich ihm nicht genug
zugewendet zu haben. Die Mutter versuchte, ihnen diese

Schuldgefühle auszureden. Die Brüder verband immer eine starke Zuneigung. So hatte es Karl seinem Studienfreund Moritz erzählt. Die Mutter zog in die Stadt Kassel. Ihr ist soviel geblieben, dass sie ihr Auskommen hat. „Kafka nahm mich zwei- oder dreimal mit zu seiner Mutter. Wir werden sehen, wie sie lebt. – Glaub' mir Helmer, ich mach' das nur, um zu beweisen, dass Kafka unmöglich in eine kriminelle Handlung verstrickt sein kann. – Pass auf, wir sind zu schnell, hier ist Baustelle. – Nein, ich würde an den Menschen verzweifeln, wenn Karl Dreck am Stecken haben sollte."

Die Frau Faßbender braucht eine Weile, ehe sie die Tür öffnen kann.
„Aber das ist eine schöne Überraschung, der Moritz Löwe. Ja, wo kommen Sie den auf einmal her? Weiß der Karl, dass Sie mich besuchen?"
„Guten Tag, Frau Faßbender. Ich bin gerade in Kassel und da dachte ich mir halt..."
„Na prima, kommen Sie 'rein. Sind Sie allein?"
„Nein, aber der Kollege will sich ein bisschen die Beine vertreten, er ist weit gefahren."
„Kommt gar nicht infrage, ich setze Kaffee an und Sie holen ihn, es gibt auch Kuchen!"
Löwe tut so, als suche er Helmer und nach angemessener Zeit klingeln sie wieder. Die betuliche Frau ist so freundlich, so sympathisch, so liebevoll besorgt, dass es den Gästen gut gehen möge. Da haben beide Männer ein ungutes Gefühl wegen ihres Vorhabens.
„Also, der Karl weiß nichts von diesem Besuch, Frau Faßbender. Da wir nicht zusammen arbeiten, beide viel zu

tun haben, sprechen wir nicht so oft miteinander. Wie geht es ihm?"

„Also, wenn ich ehrlich bin, Sie sind ja sein guter Freund, er gefällt mir gar nicht so gut zurzeit. Am Telefon hatte ich schon zweimal das Gefühl, dass er sehr im Stress stecken muss, weil er so kurz angebunden war und nicht richtig auf das einging, was ich ihm zu erzählen hatte. Aber es kommen auch wieder bessere Zeiten. Wissen Sie nicht, ob er nun bald mal eine liebe, verständnisvolle Frau findet? Mir erzählt er darüber gar nichts."

„Nein, davon war auch zwischen uns schon lange nicht die Rede."

Sie patscht ihm schelmisch lächelnd auf den Handrücken und sagt: „Sie Schwindler, Männerfreunde reden immerzu von Frauen und Mädchen. Da machen Sie einer erfahrenen Hotelfrau doch nichts vor." Er lacht. Sie findet ihn liebenswürdig, wie immer.

„Herr Helmer,... Moritz, langen Sie zu! Und Kaffee ist auch noch da!"

„Und was macht Ihr Sohn Michael?"

„Ach mit dem geht es mir genauso. Der ist zwar verheiratet, hat eingeheiratet in ein Hotel mit Reiterhof in Niedersachsen, aber er erzählt so spärlich, dass die arme Mutter nicht viel weiß. Zu tun haben die genug. Er leitet das Hotel, sie ist die Pferdenärrin. An Enkel ist kein Gedanke. Und zu Besuch war ich nur einmal, vor – ach, das sind schon wieder fast zwei Jahre. So eine Alte stört da nur. Helfen kann ich nichts mehr, wegen der Bandscheibe, und heute ist mir der Hotelbetrieb zu leger. Ich bin noch von der alten Art. Gutes Benehmen und angemessene Kleidung müssten wieder Mode werden. Die Kinder mancher

162

Gäste sind mir zu strapaziös. Auf jeden Fall ist der Michael ein Fachmann geworden und das Umtriebige hat er von seinem Vater. Er sprach mal von Pech mit eigenen Pferden, aber davon verstehe ich nichts.

Ich zehre davon, wie gut sich die beiden Jungen immer ergänzt haben, wie sie sich mochten. Karl, der mit dem kühlen Verstand, Michael, der immer Pläne machte und Mist baute. Sie dachten immer, die Eltern merkten nichts, hahaha. Wenn sie mal Kinder haben, ich hoffe, das passiert ihnen, dann werden sie schon sehen, wie famos das sein kann."

„Ja, das hat mir der Karl ein paar Mal erzählt, wie gut er sich mit seinen Bruder verstanden hat und was für tolle Spielplätze sie nahe am Walde hatten." – Löwe fühlt sich immer unwohler bei dem Gedanken, den er jetzt gleich umsetzt, aber wie soll er herausfinden, ob die Brüder seine Verdächtigen sind oder nicht? – „Hat der Michael auch so eine schwarze Haarpracht wie der Karl?" „Nein der ist blond, ganz wie seine Frau Mama! Na, die war mal blond. Aber was rede ich?"–

Frau Faßbender prüft, ob noch Kaffee in den Tassen ist, erhebt sich und geht zum Wohnzimmerschrank.

„Ich fand es immer langweilig, anderer Leute Fotos anzusehen. Aber für mich ist das hier ein Schatz, der mir noch wertvoller scheint, wenn ich ihn mal mit Bekannten teile. Ich hoffe, Sie gucken sich die Bilder der Jungens gerne mit an."

„Aber sehr, Frau Faßbender!"

Sie legt ein dickes Fotoalbum vor Löwe hin. Helmer rückt näher.

„Immer zu zweit. Der Große als Beschützer.", erläutert die Mutter. „Hier sind wir mal in Bayern gewesen, zum Schifahren. Waren ganz geschickt, die Burschen. Und hier auf Sylt. Ach, das war wohl früher, weil, – sie brauchten noch keine Badehosen." Die alte Dame lacht gluckernd. „Da ist etwas, was den Karl bis heute noch bedrückt. Sehen sie hier, wo sie sich beide die Hände auf die Schultern legen, nein hier ist es näher; dem Kleinen fehlt ein Stück vom kleinen Finger. Na das war schrecklich, wie der geschrieen hat. Sie spielten Fangen und Karl schupste die eiserne Gittertür zum Kräutergarten zu. Der Michael hatte aber seine Fingerchen schon dazwischen. Ich weiß gar nicht, wer mehr geweint hat von den beiden. 'Ich bin schuld, ich bin schuld...' heulte der Karl in einem fort. Alles halb so schlimm. Der Michael hat trotzdem zwei flinke Hände... "

Wie von weit her hört Löwe die Stimme der alten Frau. Ihm ist auf einmal, als müsste er den Kaffee erbrechen. Er sieht, wie sie die Seiten des schweren Albums umblättert und mit dem Zeigefinger auf einzelne Bilder deutet.

„Moritz, ist Ihnen nicht gut?"

„Ich darf kurz einmal Ihre Toilette benutzen." Er steht auf, sie zeigt ihm im Flur die Gästetoilette; er sieht in den Spiegel. Zwei todtraurige Augen schauen ihn an, um Mund und Nase entdeckt er zwei sichelförmige tiefe Falten, seine Stirn zieht sich fast schmerzhaft zusammen. Im Mund schmeckt es bitter, er spült ihn aus und kann gar nicht aufhören, das Gesicht zu kühlen. Sein Hemd spannt über der Brust, als er sich hoch aufrichtet und tief durchatmet. Er lässt sich Zeit. Wie jetzt dieser lieben alten Dame begegnen? Wie damit fertig werden, dass er sie ausgehorcht, übertölpelt hat, die ganz und gar unschuldige Mutter zweier Söhne, deren einer sein Freund – war, die er jetzt unter Generalverdacht stellen muss; die er ihr wegnehmen muss?

„Frau Faßbender, mir ist tatsächlich nicht gut. Ich brauche frische Luft und dann werde ich mich im Auto ein bisschen ausstrecken. Vielen Dank für Ihre Bewirtung. Es war sehr nett bei Ihnen."

„Es wird doch hoffentlich nichts Ernstes sein? Ist Ihr Kreislauf in Ordnung? Sie haben doch wohl nicht Zucker? Wenn Sie sich ein bisschen hinlegen wollen. Soll ich einen Tee machen, vielleicht?"

„Nein, danke für alles, wir müssen los, Frau Faßbender."

Nach weiteren Einwänden und besorgten Fragen der guten Frau sind die beiden Polizisten endlich im Auto. Helmer langt zur Seite und sucht Löwes Hand, drückt sie fest.

„Chef, tut mir leid für dich."

Der schaut ihn traurig an und dankt stumm für das Mitgefühl.

Noch aus dem Auto informiert Löwe seinen Vorgesetzten:

„Wir haben zwei neue Zielpersonen ausgemacht. Die, von der wir meinten, sie könne unmöglich involviert sein, ist es nun doch. Wir kommen unverzüglich heim, um zu beraten wie es weiter geht. Vielleicht erfahren Sie, womit der Kollege zurzeit befasst ist. Hillig und Loose haben ihn im Umkreis seiner Behörde und seiner Wohnung beobachtet und keine Auffälligkeiten feststellen können. Wir brauchen die technischen Mittel, bitte besorgen Sie die Genehmigungen."

„Wird gemacht, Löwe, ich bedaure die Sache sehr. So ein Rindvieh, aber das trifft es nicht - so ein Schwein."
Löwe antwortet nicht auf Krachts deftige Auslassung; er beendet das Gespräch.

Inzwischen hat Kommissar Ploch in unnachahmlicher Art den ungeheuer reichen, verrückten, besessenen, trübsinnigen Sammler, Hamsterer, Jäger, den nassforschen Neureichen, den Kenner von Adel gespielt, und alles mögliche, nur nichts über die Lanze erfahren.
Aber van Strehlen hat sich bei Kracht gemeldet. Er will nicht mehr mit den niederen Chargen sprechen, die denken von ihm zu klein.
Einen Flug nach Prag könne er unterbrechen und Kracht, wenn gewollt, bei Dresden treffen. Kracht trifft ihn in einer Konditorei in Moritzburg. Van Strehlen hat er einen Wagen geschickt, der ihn von seinem Landeplatz abholte.
Der Tausendsassa hat gehört, dass die Amerikaner noch nicht aufgegeben haben. Sie wissen, dass die Sache in Berlin aufgetaucht ist, aber nicht wo. Vor allem wissen sie, dass die Suche der deutschen Polizei bisher vergeblich war.
Kracht vermerkt im Stillen, dass sie noch nicht wissen, wer in Berlin gehökert hat und das Objekt nun bei einem Unbekannten liegt. Sein mageres Fazit: „Wir haben einen kleinen Vorsprung."

Der Wächter

Große Besprechung bei Staatsanwalt Dr.Pflüger. Kracht und der Leiter der SOKO Rochus, Moritz Löwe sowie sein Stellvertreter Hillig sitzen um den runden Tisch. „Herr Löwe, wir sind unschlüssig, ob wir Sie... äh, entlasten sollten, weil Sie mit der einen Zielperson befreundet sind. Bitte denken Sie nicht in die falsche Richtung. Wir sind mit Ihrer bisherigen Arbeit an diesem Fall vollauf zufrieden. Wir wollen nur nicht, dass auf Sie ein falsches Licht fällt, falls etwas schief geht."
„Herr Staatsanwalt, wenn Sie das täten, würde ich um meine Versetzung bitten."
„Hoi hoi, nicht gleich diese großen Geschütze!"
Hans Kracht schaltet sich schnell ein und sagt: „Herr Doktor Pflüger, es wäre ganz bestimmt falsch. Kollege Löwe wird ohne Ansehen der Person handeln, wie jeder von uns gegen den Verräter handeln würde. Das ist Löwes Fall, ganz und gar! Es geht schließlich um einzigartige Vorgänge, um einen historischen Fall. Wir haben ihn beauftragt, er ist mit aller Kraft dabei. Ich sehe nicht den geringsten Grund, warum wir ihn abziehen sollten. Und mit Verlaub, befreundet ist Löwe mit dem Kerl bestimmt nicht mehr, allenfalls war er es."
„Nun ja, die Handschellen muss er dem nicht selber anlegen. Hier sind alle Genehmigungen für die speziellen Maßnahmen.

Sie werden sich im BKA an diese Person über diese Nummer wenden, wenn Sie so weit sind. Niemand dort weiß sonst von den Verstrickungen dieses Herrn. Er bearbeitet zurzeit vom Büro aus einen Fall von Elektronik-Schieberei. Was werden Sie als nächstes tun?", fragt Dr. Pflüger und das klingt scharf.

Löwe spricht eher zu der Hängelampe als zu Pflüger und eröffnet seinen Plan: „Wir werden Kommissar Ploch als Reittouristen in dem Hotel unterbringen. Er wird die Technik installieren. Wir haben auch einen Kollegen, der den Pharmaziereferenten für Tiermedizin spielen kann, wenn's Not tut. Zwei Gruppen werden die Brüder rund um die Uhr observieren. Dafür sind zwei Lieferfahrzeuge mit allem präpariert. An der richtigen Stelle werden wir sie nervös machen und mit der gesamten Technik verfolgen. Bei der Überwachung des weitläufigen Geländes von Hotel und Reiterhof unterstützt uns die niedersächsische Polizei.

Ich bedanke mich für Ihre diesbezügliche Unterstützung, Herr Dr. Pflüger und Herr Direktor Kracht."

„Diesbezüglich haben wir das gern getan.", witzelt der unverbesserliche Kracht.

Als Löwe, Hillig und Kracht wieder in dessen Zimmer sitzen, erhält Kracht die Nachricht, dass der Antikhändler Klabunde in Berlin überfallen und gefoltert wurde. Er liegt mit schwersten Verletzungen im Krankenhaus. Vernehmungsfähig ist er nicht. Verfasser der Nachricht ist Hauptkommissar Söderbaum. Der vermutet, als Kracht ihn unverzüglich anruft, dass der Trödler doch mehr Leute angesprochen haben muss als bisher bekannt, um seine heiße Sache an den Mann zu bringen.

Es ist keine Zeit zu verlieren. Löwe ruft besorgt den Harro Flämig an. Als er dessen Stimme ganz normal vernimmt, legt er auf. Diesen Mann kennen die Amerikaner also nicht.

Was hat Klabunde seinen Peinigern sagen können? Dass da ein schwarzgekleideter Mann mit einem silbernen Mercedes war. Wenn er die Nummer angegeben hat, was haben die Agenten damit anfangen können?

Löwe ruft bei van Strehlen an. Frau Krüger ist hoch erfreut und meldet, dass ihr Chef in China weilt. Nein, irgendwelche verdächtigen Besucher hat sie nicht gehabt.

Herr Friedhelm Blanke blättert in dem Bildband über Hannoveraner-Zucht. Er hat seinen Nachmittagsausritt hinter sich und genießt einen Espresso.

Der Hoteldirektor gibt sich die Ehre und fragt den Gast nach seinem Wohlbefinden hier im Haus. Dabei geht sein Blick natürlich über das herrliche Portrait eines legenderen Zuchthengstes, das gerade aufgeschlagen ist. „Besitzen Sie noch... ich meine, besitzen Sie selbst ein Pferd oder Pferde, Herr Blanke?"

„Nein, meine Zeit erlaubt mir das nicht mehr. Früher besaß ich Pferde, Herr Faßbender."

„Ich wünsche einen schönen Abend. Ach... äh... in der Bar spielen heute drei Jazzer aus der Osnabrücker Gegend. Hören Sie sich die einmal an, klasse, sage ich Ihnen. Niemand darf wissen, dass es Zahnärzte sind, haha, also tschüss einstweilen."

KK Ploch weiß nun, dass Löwe recht hatte, als er sagte, es genüge nicht, einen x-beliebigen Namen anzunehmen, weil die Brüder alle unbekannten Gäste checken würden. Kafka hat ja die Möglichkeiten dazu. Und so ist Ploch in die Rolle eines Herrn Blanke geschlüpft, dessen Daten und Vita Kracht bereitgestellt hat. Nicht einmal Löwe weiß, wie das System funktioniert. Jedenfalls wird Kafka einen Geschäftsmann Friedhelm Blanke mit dem Hobby *Pferd* in seinem Computer finden. Er ist Handelsmakler, handelt mit Schweinefleisch im großen Stil und prüft Landwirtschaftsbetriebe gerne selbst, ehe er Geschäftsbeziehungen anbahnt.

An dem ‚noch‘, das der Hotelier am liebsten verschluckt hätte, als er nach dem Besitz von Pferden fragte, hat Ploch erkannt, dass sich die Brüder nach ihm, dem Gast, erkundigt haben.

„Muss ganz schön nervös sein der Bursche. Kennt mich nicht und fragt, ob ich noch Pferde habe. Das war kein gewöhnlicher Versprecher, das war eine Freudsche Fehlleistung.“

Löwe kann heute nur kurz in der neuen, gemeinsamen Dresdener Wohnung sein, er braucht Hemden, Wäsche, Kleidung zum Wechseln. Martina drückt ihn heftig an sich und freut sich zu früh. Er macht ihr klar, dass er bald am Ziel ist, wenn nicht die Hasen verkehrter Weise wieder schneller sind. Er muss noch in dieser Stunde weg. Sie macht schnell etwas zu essen und er setzt sich vor ihren Laptop. „Darf ich einmal neugierig sein, woran du arbeitest?“ Sie erlaubt es ihm. Die neue Datei heißt: *Arbeitsti-*

tel: Der Schmied von Freiberg. Sie denkt sich die Geschichte des Christof Johann Peter Neumann aus. Er lächelt ergötzt und ist stolz auf seine fleißige Frau. Daneben liegen Mappen zu Vorlesungen an der TU Dresden
und der UNI Leipzig, wo sie Gastdozenturen erhalten
hat.

Er klopft an seine rechte Brusttasche, wo seine Sonderge-
nehmigungen stecken. Und sagt: „Wenn das hier bald
vorbei ist, werden wir Zeit für uns haben."
Er streicht ihr zärtlich über den Rücken, während sie den
frischen Salat mischt.
Es gelingt ihm kein Plauderton, weil er angespannt ist.
Und weil er sich bemüht, sie das nicht spüren zu lassen,
merkt sie das umso deutlicher. Und so wird das kleine
gemeinsame Abendessen ein wenig still.
„Moritz, kann es gefährlich werden?"
„Nein, es wird nicht einmal Aufsehen geben. Ich sage dir
nicht, wo ich hin muss und was wir geplant haben. Daran
musst du dich gewöhnen. Ich rufe an, so oft es geht."

Die angekündigten Jazzer boten Ploch eine gute Möglichkeit, seine „Technik" an die richtigen Stellen zu bringen. Er ging in die Bar, als sich die drei Amateure schon
warm gespielt hatten. Wie er vermutete, war der Hoteldirektor anwesend. In einer Spielpause gab Ploch den groß-
zügigen Handelsmann und spendierte den Jazzern eine
Runde Bier, wozu er den Faßbender mit einlud. Plötzlich
fasste er sich in die Hosentasche, wo sein Handy schnurr-
te. Er legte es an sein Ohr und setzte es wieder ab. „Schitt,
Akku leer." Der Hotelier bot ihm seines an. „Entschuldigen Sie, ich werde kurz hinaus gehen." „Bitte sehr." Und

schon war in der Toilette der winzige Sender im winzigen Mobiltelefon installiert.

„Danke!" - „Keine Ursache." Ploch saß wieder dicht neben Faßbender und scherzte: „ Ich werde die drei fragen, ob einer nächste Woche, wenn ich in Osnabrück zu tun habe, einen Termin für mich hat." - „Bitte machen Sie das nicht", erwiderte Faßbender, der nicht genau wusste, wie ernst es dieser Blanke meinte. Die Musiker kamen wieder an die Bar, um eine Pause zu machen. Herr Blanke fragte den Direktor, ob er auch schon irgendwie musiziert habe. „Na ja, früher interessierte mich der Schlagbass. In der Schweiz hab ich allen möglichen Blödsinn ausprobiert." Als die Musiker ihre Positionen wieder einnahmen, lief Ploch zum Podest, nahm ein Mikrophon und sagte an: „Meine Damen und Herren, Sie werden jetzt das einmalige Vergnügen haben, Ihren Wirt, den Hoteldirektor Michael Faßbender am Schlagbass zu erleben. Einen ungeheuren Applaus für Michaeeel Faßbendäär." Die Leute klatschten und machten Kojotengeheul. Alles Sträuben nutzte nichts, der Mann musste ran. Die Musiker stimmten sich ab und wählten einen langsamen Oldtime-Blues, um es dem armen Manne leichter zu machen. Kaum hatte Faßbender sich den Bass genommen, um wenigstens ein bisschen zu probieren, war Ploch aus der Tür gegangen und hatte mit schnellen Sprüngen das Direktionsbüro erreicht. Und schon hatte er das Telefon präpariert und eine weitere Wanze unter der Sitzgruppe verborgen. Rechtzeitig, noch vor den da-capo-Rufen war er wieder in der Bar und applaudierte von Herzen, wahrscheinlich sich selbst mehr als dem mutigen Aushilfsmusikanten.

172

Löwe und Helmer sitzen im Wagen Eins, in einer Schneise, unweit vom Hotel.

Zur selben Zeit hören Hillig und Loose in Wiesbaden den Bruder Karl ab. Seine Mutter ruft an:

„Na, mein Junge, wie…"

„Mutti, wie oft soll ich dir sagen, dass du mich hier nicht anrufen sollst!"

„Weißt du, wie lange ich schon versuche, dich zu erwischen? – Rate mal, wer bei mir war!"

Es entsteht eine Pause.

„Der Moritz Löwe war bei mir, auf der Durchfahrt. Ich habe mich dermaßen gefreut. Wir haben mit seinem Kollegen, auch ein sympathischer Mensch, Kaffee getrunken und schön erzählt. Aber plötzlich wurde ihm schlecht und er wollte schnell fort. Weißt du, ob er irgendetwas hat?"

„Nein Mutti, ich habe lange nicht mit ihm gesprochen, weiß nicht, ob er krank ist. Aber bitte, lass uns jetzt Schluss machen, ich habe so viel zu tun. Ich rufe dich heute Abend an, versprochen."

„Aber ganz bestimmt."

„Jaaa, ganz bestimmt."

Das Gespräch ist zu Ende.

Löwe und Hellmer gehen noch einmal den Bericht der Kontenfahndung durch. Hotel und Reiterhof sind zwei getrennte GmbH. Gesellschafter beider Betriebe sind die Frau und deren älterer Bruder, ein Archäologe. Faßbender ist der Geschäftsführer des Hotels. Beide Betriebe stehen finanziell vor der Pleite. Es wurde viel investiert. Der

Wellnessbereich des Hotels ist neu. Noch scheinen die Maßnahmen, welche die Attraktivität des Hauses erhöhen sollen, nicht zu greifen. Was noch schlimmer ist, auch das haben die Ermittlungen ergeben, der jüngere Faßbender hat hohe Spielschulden. In der Schweiz hat er als Kellner vermutlich die reichen Gäste nachgeahmt und angefangen zu zocken. Überweisungen seines Bruders deuten darauf hin, dass dieser ihm immer wieder über die schlimmsten Engpässe hinweggeholfen hat.

Bei Karl Faßbender musste das ganz schön zu Buche schlagen, betrachtet man sein Gehalt.

Da, der Kafka ruft: „Michael, das Wetter könnte schlechter werden. Ich verlasse mich darauf, dass es nicht reinregnet."

„Alles gut verpackt. - Ich habe..."

„Ich muss es jetzt nicht wissen. Bleib immer freundlich, verstehst du. Ende, mach's gut."

„Tschau Karl... ein bisschen mulmig ist mir aber doch."

„Das erhöht deine Wachsamkeit. Ist der Gast noch da?"

„Ja, will aber morgen abreisen. Der erzählt von Bauern und Schweinen. Vormittags ist er immer unterwegs."

Löwe schaut Helmer an. Sie sind absolut auf der richtigen Spur. Kafka scheint zu glauben, dass die Jagd noch nicht eröffnet ist; sonst würde er solch ein verfängliches Telefongespräch nicht führen. Sollte man nachhelfen und ihn aufschrecken, damit er zu der Beute führt?

Doch das ist nicht nötig. – Ploch kommt zu Pferde, führt es ein paar Meter in den Busch und steigt in den Wagen. „Da steht ein Hengst im Stall. An den ran zugehen, bedeutet Lebensgefahr. Der Stallbursche hat mir gesteckt, dass den der Faßbender im Spiel gewonnen hat. Wahrscheinlich hat er nicht gewusst, dass das Pferd eine Riesenmacke hat. Jetzt schlägt sich der Gaul im Stall die Knochen selber kaputt. Schon der Antransport sei ein fürchterlicher Akt gewesen, sagt der Bursche. Die Chefin wolle das Tier so schnell als möglich loswerden, aber ihr Mann besteht darauf, dass es da bleibt. Er sagt, dass er einen Pferdeflüsterer bestellen will. Wir sollten über diese Sache näher an unseren Spezi herankommen."

„Gut, sehr gut", meint Löwe, „gleich wird der Pharmaziereferent dort seinen Besuch machen. Verschwinde schnell mit deinem Zossen, ehe jemand hier vorbei kommt."

Löwe selbst fährt in einem Mercedes-Kombi vor und fragt nach Frau Faßbender. Er stellt sich vor: „Alexander Falkenhagen" und überreicht seine Visitenkarte. Sie sagt, sie brauche nichts; was nötig sei, habe der Tierarzt, aber sie ist nicht unfreundlich.

Er fragt, ob er einen Blick auf die Tiere werfen darf. „Bitte, aber verzichten Sie auf mich, ich muss dringend in mein Büro. – Jens, hallo", ruft sie, „ Jens, bitte führen Sie den Herrn durch die Ställe. Auf Wiedersehen, ich habe ja Ihre Karte, falls mal etwas ist."

Der Pferdepfleger Jens schlendert an der Seite Löwes lustlos den Gang entlang, schiebt mit der Fußspitze einzelne Strohhalme an den Rand und antwortet widerwillig auf Fragen nach den Eigentümern der Pferde, nach dem Alter der Tiere. Löwe steckt ihm zehn Euro zu, da schaut er ihn freundlich an. Sie stehen vor der Box des verrückten Hengstes. Ein großer schwarzer Bursche, er scheint die

Augen herausdrücken zu wollen, schnaubt, wiehert, grunzt und traktiert die Boxenwände mit den Hufen. Das Tier ist lange nicht gebürstet. Der Pferdepfleger spricht seine kurzen Sätze schnell und mit norddeutschem Singsang. „Kommen Sie weg hier. Der wird immer tobsüchtiger, wenn wir den bloß erst abschieben könnten. Das Beste wäre ne Kugel."

„Wie heißt der Bursche?"

„Graf Hermann."

„Da sind ja sogar Matratzen an die Boxenwand gebunden.", stellt Löwe fest.

„Ja, die hab ich beschafft, straffe alte Seegrasmatratzen, und dann haben wir ihn umgesiedelt.

Außer mir kommt niemand an den Verbrecher ran. Er ist wenigstens so schlau und weiß, dass er von mir Futter und Saufen kriegt.

Die Matratzen macht er auch bald kurz und klein. Eine Box hat er schon zerlegt.

Die ist jetzt repariert, mit Eisenblech beschlagen und da soll er heute Abend wieder rein.

Ich versteh' das nicht. Der gehört wech.

Warum das Theater?

Mir graut schon vor dem Aufwand. Wir müssen dann alles mit Balken absperren, damit er nicht ausbricht und fein im Gang bleibt.

Hoffentlich behalte ich meine Knochen heil."

Löwe besichtigt die reparierte Box. Sie liegt am Ende des Stalles. Damit das gestörte Tier so wenig wie möglich sehen soll, hat man einen dunklen Vorhang aus Filzdecken quer in den Gang eingebaut. Jens schimpft weiter: „Der Quatsch stört doch nur. Wegen jeder Karre muss man alles beiseite schieben. Gut, das Pferd soll ruhiger stehen, die anderen nicht sehen, aber er tut sie doch hören und riechen. Es bleibt dabei, der muss wech!", beharrt der junge Mann.

Die Box hat eine dickere, bis an die Decke reichende Trennwand zur Nachbarbox bekommen. Auf die Bretter sind bis in die Höhe von etwa anderthalb Metern Eisenbleche geschraubt. Auch hier Matratzen, sie hängen von oben herunter vor den Blechen.

„Danke für die Führung, Jens. Ich habe es nun doch eilig."

Im Wagen Eins ordnete Löwe an: „Helmer, die Kollegen sollen das Gelände eingrenzen, keiner darf hinein, keiner raus. Wir brauchen zwei Akkuschrauber, Stechbeitel, Hammer, Kuhfuß und Glück. In zehn Minuten geht es los. Du gehst mit drei Kollegen zum Herrn Hoteldirektor, ich besuche mit den anderen seine Frau. Telefonieren ist für das Paar verboten. Kollege Ploch sichert außen und ruft auf mein Zeichen in Wiesbaden an, wenn wir richtig liegen und dort der Zugriff notwendig wird."

Wieder fährt Löwe in den Hof. Schnell steht er im Büro und stellt sich ein zweites Mal vor.

„Frau Faßbender, hier ist ein Durchsuchungsbeschluss. Sie und Ihr Mann stehen unter dem Verdacht der Hehlerei und Unterschlagung von Kulturgut. Wir werden jetzt in Ihrem Stall suchen. – Ja, Sie sehen richtig, ich bin der Mann mit der Tiermedizin."

„Ich verwahre mich gegen diesen Überfall und gegen Ihr Schmierentheater. Ich werde jetzt meinen Anwalt anrufen. Wovon Sie hier sprechen, ist mir völlig schleierhaft."

„Frau Faßbender, wenn Sie nicht in der Sache drinstecken, dann wird Ihnen auch nichts geschehen. Für jetzt muss ich Ihnen jeden Kontakt nach außen verbieten. Sie dürfen uns bei unserer Suche begleiten. Bitte Ihr Handy! Ihren Anwalt dürfen Sie anrufen, wenn wir unsere Durchsuchung beendet haben."

Die Frau sagt das übliche, was sie im Fernsehen gelernt hat, von Beschwerde, teurem Nachspiel etc. und fügt sich der polizeilichen Gewalt.

Zwei uniformierte Polizisten schrauben die Eisenplatten von der neuen Trennwand und stellen sie beiseite. Jetzt lösen sie das erste Brett und hebeln die anderen heraus. Auf einem der sichtbar gewordenen Querhölzer des Rahmens liegt ein länglicher dunkler Gegenstand. „Halt, liegen lassen! Holen Sie jetzt Helmer und den anderen Verdächtigen.", befiehlt Löwe.

Die Frau starrt verständnislos auf den Gegenstand. „Herr Kommissar, was ist das?"

„Gleich können Sie Ihren Mann fragen."

Löwe spricht in das Funkgerät: „Kollege Ploch, wir sind so weit. Zugriff in Wiesbaden!" Der alberne Ploch kann es draußen nicht unterlassen, in sein Gerät zu jodeln.

Da kommen Helmer und seine uniformierten Begleiter, die den Michael Faßbender führen.

„Herr Faßbender, erklären Sie uns, was das für ein Behälter ist, was sich darinnen befindet und wo er herkommt!"

Die Frau legt die Hände zusammen und bittet: „Michael, sag es mir, mein Gott, was geht hier ab? Was hast du gemacht?" Sie fasst nach seiner Hand.

Der Befragte schweigt. Sein blasses Gesicht ist schweißnass. Dann sagte er ganz leise: „Nichts geht mehr." Plötzlich reißt er sich los, wirft eine Karre in den Weg und rennt aus dem Stall. Zwei Polizisten verfolgen ihn. Sie brüllen: „Stehen bleiben!" Er schlüpft in eine Hintertür, schlägt sie zu, schafft es bis in sein Büro. Die Verfolger sind schon an der Tür, da kann er sie gerade noch abschließen. „Öffnen Sie!" Sie beratschlagen, ob man über ein Fenster herankommen könnte, rufen mit dem Funkgerät nach Löwe; da erschreckt sie der Knall des Gewehres. Einer rennt in den Stall, hebt den Kuhfuß auf und rennt zurück. Löwe und Helmer folgen ihnen, so schnell es geht. Hotelgäste springen zur Seite. Löwe ruft zurück, dass man die Frau festhalten solle, die schon mitgerannt kommt. Das Türblatt splittert, springt auf.

„Nicht hinsehen Chef. Du musst dich gar nicht erst damit belasten. Ich hätte nach seinen Waffen fragen müssen." Helmer scheint ganz rational zu funktionieren, er hat schon viele schlimme Dinge gesehen. Löwe bestellt einen Gerichtsmediziner. Die Frau muss gewaltsam zurückgehalten werden. Ihr Mann hat sich mit Schrot in den Kopf geschossen.

Im Stall kniet Löwe auf dem frischen Stroh. Er macht Fotos, zieht Handschuhe an und hebt den dunkelgrauen Zinkbehälter mit beiden Händen heraus, steht auf und trägt ihn langsam zu einer Haferkiste. Ein Beamter sichert Fingerabdrücke. Vorsichtig rüttelt Löwe an der Deckelhülse, zieht und rüttelt, bis sie sich löst. Der Hohlraum ist mit weißen Baumwollläppchen ausgestopft.

Er zieht behutsam die Heilige Lanze heraus und legt sie auf das vom Gebrauch polierte rohe Holz der Kiste. Polizisten umstehen die Szene neugierig und beinahe andächtig. Da schaut der Jens zwischen ihnen hindurch. Er weiß nicht ob er etwas fragen darf, weil es so still ist. Löwe wendet sich um. Eine feine feuchte Spur liegt auf seiner Wange. Verlegen wischt er mit dem Handrücken darüber. Lächelnd sagt er zu dem Pferdepfleger: „Dein verrückter Graf Hermann wird nun nicht mehr als Wächter der Heiligen Lanze gebraucht." Da fragt der junge Mann: „Ist das richtiges Gold?"

„Mehr als das, mehr als Gold, mein lieber Jens."

Fünf oder sechs junge Polizisten der Bereitschaft kommen herein. Sie wollen gerne wissen, worum es überhaupt ging. Löwe denkt, dass sie einen Anspruch darauf haben, es zu wissen.

Er spricht leise und eindringlich, weist auf die Lanze:

„Wir stehen vor der Heiligen Lanze, mit der dem Gekreuzigten die Wunde zwischen den Rippen beigebracht worden sein soll. Daher galt sie mehr als tausend Jahre als eine der wichtigsten Reliquien. Sie war das Symbol unumschränkter weltlicher Macht in den Händen vieler deutscher Kaiser. Man trug sie voran, wenn der Krieg im m i s s b r a u c h t e n Namen Gottes verheerend wütete. Für Eroberungszwecke von den einen benutzt, von anderen als beseelt, Heil und Schutz bringend, verehrt, ist sie mindestens seit Karl dem Großen dabei gewesen, wenn das statt fand, was wir als das politische Werden Europas bezeichnen.

Und warum wir nun ausgerechnet hier vor ihr stehen? Weil es Menschen gibt, die für den illegalen Besitz dieser Sache bereit sind, Unsummen zu zahlen, zu betrügen, Verrat zu begehen und sogar zu töten. Ob sie dabei mystische Vorstellungen haben oder ob schrankenloses Besitzstreben, ob Sammelwut oder Spekulation sie antreibt, ist einerlei. Sie alle, Kollegen, haben irgendeinen Anteil an unserem Erfolg. Ich danke ihnen."

Die Menschen sind beeindruckt von Löwes kurzer Rede und schweigen respektvoll. Er lässt sie nacheinander herantreten, damit jeder die Lanze aus der Nähe sehen kann. Niemandem würde es einfallen, sie zu berühren.

Löwe verwahrt den Lanzenkopf wieder sorgfältig in dem Behältnis und wendet es hin und her, um die Kritzelei zu entziffern. Da sieht er am Boden den Stempel des Klempners Carl Illert. „Urviech", murmelt er.

In Wiesbaden marschieren Hillig und Loose in das Zimmer des Beamten, der allein von dem Verdacht gegen Kommissar Faßbender weiß. Leise unterrichten sie ihn von den Vorgängen um dessen Bruder in der Nord-Heide. Er steht auf und zu dritt betreten sie das Dienstzimmer des KK Faßbender.

Der weiß sofort, worum es geht und erklärt: „Ich sage kein Wort." Sie führen ihn in Handschellen ab.

Erst als er vom Tode seines Bruders hört, bricht er zusammen und gesteht alles. Er spricht tonlos und wirkt beinahe unbeteiligt. Ganz unvermittelt beginnt er zu weinen, weil ihm einfällt, wie seine Mutter jetzt leiden muss.

Zwei Wochen nach der Urteilverkündung gegen Faßbender besucht ihn Löwe im Gefängnis. Sie geben sich die Hand nicht; Löwe kann den Blick seines ehemaligen Freundes kaum ertragen. Kafka merkt es und sagt: „Moritz, warte ein paar Jahre, dann wird es leichter. Tut mir leid, das Ganze. Du hast gehört, in welche Scheiße uns mein Bruder geritten hat. Er hat Schulden über Schulden angehäuft, die ich teilweise bezahlt habe. Als mein Geld alle war, habe ich für ihn Schulden gemacht. Der war zu naiv für diese Welt. Ist nie erwachsen geworden. Dachte immer, dass der ganz große Reibach kommt."

„Sage mir, wie du zu den potentiellen Käufern gekommen bist."

„Ganz einfach, auf demselben Wege, wie ich von der Existenz des Suchtrupps erfahren habe. Ich konnte einen von denen für einen Anteil am Erlös umdrehen."
„Wie viel haben sie geboten?"
„Zwölf Millionen Dollar. Zwölf, hörst du, weil es eine heilige Sache ist. Ein paar Tage noch und das Ding wäre weg gewesen und wir unserer Sorgen ledig."
„Warum ist das im Prozess nicht zur Sprache gekommen?"
„Weil keiner danach gefragt hat und es wahrscheinlich unausgesprochen bleiben sollte, haha. – Rücksicht auf die amerikanischen Freunde, verstehste? Sicher sollte verhindert werden, dass sich mein Prozess zu einer internationalen Sache ausweitet. Die haben sich damit begnügt, dass ich sagte, ich suchte noch nach Kontakten."

„Und das *Ding*, wie du sagst, hat es dir gar nichts bedeutet?"

„Ach du edler Moritz, was weißt denn du schon? Als uns das Messer buchstäblich an der Kehle saß, weil die Gläubiger eine russische Inkassofirma beauftragt hatten, nichts; nichts anderes hat es mir bedeutet, als ein Mittel zum Geldbesorgen. – Sag' was du willst. - Ich bin so fertig. An meine Mutter darf ich gar nicht denken, tu es aber immerzu." Er wendet sich ab und bedeutet dem Wachbeamten, ihn weg zu bringen.

Löwe verlässt das Gefängnis sehr betrübt.

Im Prozess, wo Löwe als Zeuge auftreten musste, war Faßbender gefragt worden, warum das Fahrzeug, mit welchem der Bruder die Lanze bei Klabunde abgeholt hatte, ausgerechnet bei van Strehlen gestohlen wurde. Darauf hatte der Angeklagte bereitwillig und ganz ruhig gesagt: „Zwei Gründe gab es dafür. Erstens war der Mann eingeweiht, musste als Verdächtiger erscheinen und zweitens ist er Hauptgesellschafter der Hotelgruppe, die meinem Vater die Existenz geraubt, unsere Familie zerstört hat."

Der Staatsschutz hatte sofort nach dem Fund die Heilige Lanze im Reiterhof abgeholt und verwahrt. Einige Zeit danach bereitete eine Kommission aus hohen Beamten des Außen- und des Innenministeriums, sowie des Kanzleramtes zusammen mit österreichischen Protokollbeamten den Staatsakt zur feierlichen Übergabe der Maurizius-Lanze in Wien vor. Dort war man erstaunt über den Berliner Wunsch, um die Angelegenheit einen großen Bahnhof zu machen. Die Österreicher durchschauten letztlich nicht, dass ein starkes Signal nach Washington gesendet werden sollte.

In Dresden erläutert der Sprecher der Staatsanwaltschaft den Journalisten den erfolgreichen Abschluss der Ermittlungen in einem außergewöhnlichen Fall der Unterschlagung von Kulturgut. Ein Poster mit der Abbildung der Heiligen Lanze ist an die neben ihm stehende Flipchart geheftet. Vielen Journalisten ist das Objekt bisher gar nicht bekannt gewesen.
Dass vom Ausland her ebenfalls nach der biblischen Waffe gesucht wurde, bleibt unerwähnt.

Dr. Pflüger und Direktor Kracht würdigen stehend in trockener Kürze die Arbeit der SOKO Rochus. Löwe und seine Mitarbeiter erhalten Belobigungen. Kracht ist nach dem Akt, als der Staatsanwalt gegangen ist, in Hochform und feiert seine Leute mit einem lockeren Trinkspruch. Löwe bedenkt er mit dem Ehrentitel „Verdienter Igel des Volkes". Der lacht aus vollem Halse und bricht auf einen Schlag ab. Denn da war ja ursprünglich noch ein zweiter Igel.

Martina holt ihn ab. Zu Hause hat sie einen prächtigen Tisch vorbereitet und feiert nun mit ihrem Mann allein. Sie bewundert ihn und er sie.

Nachtrag

Großer Bahnhof
Stiftung

Die Zeitungen titeln: „Deutschland und Österreich umarmen sich / Die Österreicher mögen uns wieder/ Kein Schachern, einfach geben - deutsche Tugend?" Fotos zeigen die Bundeskanzler beider Staaten Hand in Hand in der Schatzkammer des Kunsthistorischen Museums Wien. In der Panzerglasvitrine liegt die Heilige Lanze schattenfrei beleuchtet neben dem Reichskreuz prächtig auf weinrotem Samt.

Man erinnert an die historischen Gemeinsamkeiten und findet darin die Verpflichtung, als Europäer noch besser zusammen zu arbeiten.

In einigen seriösen Zeitschriften erscheinen ausführliche Artikel, die aufklären sollen, wieso plötzlich dieser Bestandteil des Kaiserschatzes in aller Munde ist, und dass es nicht die Schuld der Aussteller gewesen sei, wenn seit der Zeit nach dem Krieg nur eine Nachbildung gezeigt wurde. Dass die Polizei ausländische Gegenspieler hatte, wird nirgendwo auch nur andeutungsweise erwähnt.

Schnell liest das Publikum über die Nachricht hinweg, die kurz mitteilt, dass der republikanische Bewerber um die Präsidentschaftskandidatur, Forrester keine Termine mehr wahrnimmt. Von gegnerischer Seite sei zu hören, er befände sich in psychiatrischer Behandlung. Sollte das stimmen, wäre es das Aus für ihn, dem Insider ohnehin keine Chancen eingeräumt hätten.

Wovon die Welt nichts erfährt, ist ein Autounfall in den Appalachen, südwestlich von Washington, bei dem Monsignore Adam Peers und sein Sekretär ums Leben kamen. Dort in den Bergen, wo er gerne fischte, wo er in seiner komfortablen Hütte ungestört Besucher empfangen konnte, endete das arbeitsreiche Leben des ehrgeizigen Priesters wegen defekter Bremsen. Nur wenige Laien versammeln sich zur Beerdigung. Sein Bischof kann die Zeremonie nicht leiten, er ist erkrankt. Ein einfacher Pfarrer preist den frommen Mann, seine Opferbereitschaft für den Glauben, sein Wirken für Frieden und Gerechtigkeit und so weiter.

Den beiden, die heute in den Lausitzer Bergen spazieren gehen, wäre das alles ziemlich egal, wüssten sie es. Sie genießen die Zweisamkeit und er streichelt ab und zu den kleinen Bauch seiner Liebsten. Dann bleiben sie stehen und tauschen innige Küsse und zärtliche Worte, sagen einander Namen für Jungen und Mädchen her. Nur *Leo* schließen sie lachend von vornherein aus.

Eine Bank; sie setzen sich und freuen sich am Anblick der stillen Natur.

„Moritz, du erzähltest mir von dem Augenblick, wo deine Kollegen ergriffen vor der Lanze standen, als sie wussten, was da vor ihnen liegt. Wie ging es dir dabei? Kannst du das jetzt, nach einigem Abstand, in Worte fassen?" Löwe schaut sie an, seine Augen wandern nach rechts oben, wo er scheinbar seine Erinnerung sucht. Dann sagt er: „Mir war... mir war als stünde ich daneben, als redete ein anderer. Dann wurde mir bewusst, dass wir uns in einem Stall befanden. Ich nahm das Schnauben und Stampfen der Pferde wahr, und plötzlich stellte ich fest, dass sich der gestörte Hengst ganz ruhig benahm.

Als ich die Lanze eingepackt hatte, legte ich die Kapsel wieder auf die Haferkiste. Hellmer und ich bewachten sie, jeder auf einem Strohballen sitzend. Wir schwiegen, warteten auf die Kollegen vom Staatsschutz.

Da dachte ich, die Zeit stünde still. Ich glitt in einen Tagtraum. Ich sah mich am Ende einer Kette von Menschen. Sie hatten Gesichter, aber ich konnte sie nicht genau erkennen. Sie standen still, in den Kleidern ihrer Zeit, vor den Bauwerken ihrer Zeit, in prächtigen Räumen, in armseligen Hütten, in düsteren Kirchen, in den Bergen, in weiten Ebenen und tiefen Wäldern, vor rauschenden Bächen und an stillen Flüssen. Ich sah Würdenträger und viel trauernde und elende Gestalten."

Nach einer Pause bemerkte er trocken: „Das kommt sicher vom vielen Lesen."

Sie rückt noch näher, küsst ihn und sagt: „Moritz, weißt du was ich dir wünsche? – Dass du niemals das wirst, was manche unüberlegt als *professionell* bezeichnen. Oft wird das nämlich mit Kaltschnäuzigkeit oder Abgebrühtheit verwechselt.

Ihre Ferienwohnung befindet sich in einem restaurierten Umgebindehaus. Die Hauswirtin ist eine liebenswürdige alte Frau. Löwe fragte sie gestern, als sie in der kleinen Scheune rumorte, ob er ihr helfen könne. Ja, sie komme so schlecht an ihren Handwagen heran. – Ein richtiger hölzerner Handwagen, gute alte Arbeit des Stellmachers und des Schmiedes. Was verbergen sich da noch für Schätze? „Frau Berger, was sind das für Gestelle, Balken und Rundhölzer? Ist das etwa ein Webstuhl?"

„Ja, vom Schwiegervater, mein Mann hat noch drauf gewebt. Früher stand der in unserer Unterstube. Das ist sogar was ganz Besonderes. Gobelins hat er damit gemacht."

„Was wollen Sie dafür haben?"

„Oh du lieber Himmel, das könnt' ich gar nicht sagen. Wenn er in gute Hände käme und ich hier Platz kriegte, also... nu, da tät ich den einfach so hergeben."

„Das käme natürlich nicht infrage. Ich weiß jemanden, der damit eventuell etwas anfangen kann. Ich werde ihn anrufen."

Harro Flämig, auf Bewährung zu neun Monaten Gefängnis verurteilt, glaubt es kaum: „Sie reden noch mit mir, Herr Löwe?" Gegenüber der Idee Löwes, es mit Handweberei zu versuchen, ist er skeptisch. Wenn der Stuhl nun zu kaputt ist und ob er das überhaupt könnte? Gelernt hätten sie damals zwar die Grundlagen, aber das ist so lange her. Hochleistungswebmaschinen waren sein Gebiet. Dann scheint er einen Funken Hoffnung zu schöpfen. Aber wie sollte er denn diesen Webstuhl bezahlen? Löwe regelt alles. Eine Sammlung unter den Kollegen, zu der auch Martinas Vater für die ersten Garne etwas hinzu legte. In Flämigs Vaters Haus wurde der Webstuhl aufgebaut. Der Meister webt jetzt Wandteppiche, schwere Tischdecken, sogar Designerstoffe. Der Frau Berger hat er einen neuen Fernseher gekauft und sein Sohn will bei ihm lernen.

Die Leute schauen nach ihm.

Keiner würde zu ihm „Pfeife" sagen.

Die Kapitel

Quellenangaben:
Herm: Der Aufstieg des Hauses Habsburg ECON
Herm: Glanz und Niedergang des Hauses Habsburg
     ECON
Fest:: Der Untergang
Ravenscroft: Die heilige Lanze UNIVERSITAS
        *) s. Kapitel „Inferno"
Unterlagen der Stadtchronik Lunzenau
Information der Schlossverwaltung Rochsburg 2005
DAS JAHRHUNDERTBUCH ADAC-Verlag